千千萬萬
都是你
A Million
Things
艾蜜莉・史柏 Emily Spurr——著
林小綠——譯

推薦序

「遇到喜歡的書，妳會願意為它付出千千萬萬遍。」剛轉職為小說版權經紀人時，前輩交接完密密麻麻的SOP後，擺出一副過來人的表情幽幽地說。

當時的我無法理解，還心想，也太熱血了吧？每天上班都被幾百封未讀信件淹沒，別被客戶千刀萬剮就謝天謝地，哪可能為了一本書千千萬萬遍？

直到我遇見了你正在讀的這本書。

那時是二〇二〇年初，疫情尚未全面爆發，信箱按照慣例湧入當年度的最新書稿和出版計畫，《千千萬萬都是你》也是其中一封。這家澳洲客戶當時的窗口冷靜、話少，介紹書時不像其他人那樣塞滿華麗的關鍵字，在一片熱鬧喧囂中顯得格外有距離感。

但說來神奇，我永遠記得當初一點開稿子，是如何被十歲主角蕾伊的聲音深深擊中，心頭一緊：

> 頭幾天。
>
> 寂靜並非全然無聲。當然，它也不是喧嘩，而是襯在事物之下，讓細瑣的聲響鮮

明起來：心跳震耳，廚房時鐘尖銳前行，冰箱低聲呢喃，我一動，腦中全是衣物的摩擦聲。

史林特舔了舔碗中的水，用眼神告訴我該吃飯了。鬧鐘在該起床的時候響起。[1]

用極致敏銳的感官襯托出空間與心境的死寂或許不算新鮮，然而當這些情緒反應發生在一名十歲小孩身上，滿腹疑問遂排山倒海而來：什麼事的頭幾天？為何如此安靜？小孩的世界怎麼會出現如此絕決的語氣，還伴隨「該」吃飯、「該」起床的無力感？就這樣，作者用略帶懸疑感的開頭，一步步帶我們踏入主角蕾伊所處的冰冷深淵。

媽媽消失後，十歲的蕾伊非常、非常努力當一個有人照顧的好孩子：自己起床，準備三餐，認真上課寫作業，遛狗，除草，登入網銀繳瓦斯費，開著電視入睡。

媽媽最常用的洗髮精只剩下一點點，蕾伊很擔心一旦用完，屋子裡媽媽的味道就會消失，但她還是堅持要用，因為只有讓一切氣味和聲音照舊，這個家才能永遠停留在媽媽仍在的那一刻，彷彿她從未離開，彷彿她很快就會回來。

蕾伊很清楚總有一天會被發現。但也許，只要她努力讓生活維持正常，避免所有不必要的關心，就沒有人會起疑。而她，就能再多當一天媽媽的女兒。

如果說蕾伊努力用正常與秩序塞滿空盪的家，那麼隔壁的奶奶萊緹就剛好相反。她用滿屋子的垃圾擠走日常，將幼女過世的悲痛埋在發臭的垃圾之下。

「我渾渾噩噩地過著日子。一切似乎如常，卻又不一樣。」兩個被留下來的人，各自緊抓著房子的回憶不放，將生活打造成絕境，把自己鎖在萬丈深淵。「我只要假裝從未擁有，就不會格外想念了。」明知道自己的逃避與壓抑不正常，但是正常又有何用呢？沒了那人的聲音、氣味和溫度，所謂正常，只不過是令人想放聲尖叫的折磨。

兩個倔強又彆扭的靈魂不打不相識。她們看透彼此的口是心非，嗅出對方一層一層糊上的武裝，從對方不可理喻的姿態中看見破碎的自己。於是，她們選擇溫柔守護對方的逞強，在無止境的暴雨中靜靜當一把自己不敢開口索求的傘。

然而，「維持一個謊言終究是很累人的一件事。」

讀完最後一個字就像是從深深的海底浮上水面，恍如跟著蕾伊一起憋了一口長長的氣。

在讀書會上，我幾乎動用了所有的臉部肌肉和分心技巧，才能讓自己不至於像個瘋

1. 為了如實傳遞當時的心情，此處引用的是初稿內容。語句細節與最終版略有出入，但震撼依舊。

婆子一樣聲淚俱下。

這本書不僅好看，外在成績也佳，很早就賣出了北美與幾國歐語版權，讓我對它信心滿滿。沒料到，疫情一發不可收拾，書展出差全面取消，版權交易全面放緩，這本書應該要起飛的時期，世界卻靜止不動了。

晃眼來到二〇二一年。沒了後續話題支援，《千千萬萬都是你》在澳洲悄然上市，眼看這本書就要成為汪洋書海中不起眼的一滴淚，我心有不甘。於是，在事隔一年重新與出版社見面的年初會議上，我幾乎是「強迫推銷」這本書，每談一次就哽咽一次，不過即便發動「情緒勒索」，效用還是不大。就這樣一直沉寂到了年末，我的不死心才終於化為好消息。

當我與外方報告出版社對本書的喜愛，一向淡定的外方窗口竟私下回了我一封超多驚嘆號的信，最後成交時還說：「我知道，從我們第一次討論這本書那天起，妳就一直是這本書的頭號粉絲。能得到今天這個結果真是太棒了。」

距離前輩那句教誨將屆三年，我這才恍然大悟。啊，原來這就是前輩所說的，有那麼一本書，你會願意為它千千萬萬遍。

版權代理和一本書的相遇總是特別早開始，也特別早結束。通常，在將翻譯版權交付給出版社的那一刻，我們的工作便已功成身退，更別提我如今已經暫別了版權代理這個崗位，沒想到竟然還能以這個方式與《千千萬萬都是你》再續前緣，我想這或許說明了，這趟為你千千萬萬遍的旅程，尚未終結。

從英文初稿、英文定稿再到中文版問世，稿子的面貌已經與當時不同，再加上自己生活的變化，閱讀時的感覺也因此起了質變，就跟書中老奶奶萊緹那些被裝箱的囤積物一樣，也跟蕾伊努力假裝正常的家一樣，看似依舊，卻再也回不去。

要說沒有感慨是假的，但是，這樣也很好。

雖然與初讀時的感受不同，卻是一份承載無數人心意、經過無數人之手打磨，此刻正被你捧在手中的稿子。

事物和記憶一樣，都得先存在過，才有可能消逝。消逝雖然代表再也無法擁有，卻也是存在過的證明。氣味終究會散去，聲音越來越鈍，但是曾經陪伴過的時光不假，曾經擁有的感覺不會騙人。

每當想起某段時光，那個由各種有形物質與無形念頭組成的當下，大腦的訊號便像星光同時亮起，沒有先來後到，或許就像《異星入境》中的外星文字，同時涵蓋了過去與未來，既是因、也是果，是一種組合、一種網狀思維，很難用線性邏輯的語言傳達。

既然語言說不出，便很難讓旁人知曉，唯有自己才能心領神會。就像蕾伊所說的：妳，不單只是「妳」這個個體而已。「瞭解妳」，也絕不是單一的概念，從來就不是。

妳，是千千萬萬件事，千千萬萬個東西，千千萬萬個時刻。而現在，只有一個地方能將這些散落的碎片全部拼湊起來，那就是我的心。

我為這個故事最終能夠抵達你面前而感動，由衷開心。能抵達，真好。能感動，真好。

現在我們都是千千萬萬碎片的一分子了。

張平

曾任版權經紀人，現職譯者，喜歡為故事服務

獻給凱文，

在我信心動搖了百分之二十五（還是很離譜），

仍堅定不移地支持我走到最後。

開頭

安靜得不像話。

因為太安靜了，一點細微的聲音也顯得格外突兀：我聽得到自己的心跳聲、廚房時鐘刺耳的滴答聲、冰箱的運轉聲。稍微動一下，整個房間立刻充斥我自己的聲音。史林特在舔碗裡的水。看牠的眼神，我知道吃飯時間到了，聽鬧鐘響起，我知道該起床了。

睡覺、起床、吃飯、上學、回家、寫功課、吃晚餐、看電視、睡覺、起床。

時間在渾然不覺中流逝得很快，彷彿這一秒，我還站在房間裡，下一秒，卻坐在另一個房間，而這中間發生什麼事，我都沒印象了。

然後我聽到了另外一種聲音。

第十四天

星期六

味道瀰漫整間屋子，連我在客廳都聞得到。

一股濃烈的濕臭味撲鼻而來，把我熏醒。

一開始我睡在妳的床上，裹著妳的棉被，用妳的T恤蓋住鼻子，每呼吸一口都有妳的味道。最後，妳的味道沒了，只剩狗狗濕熱的味道，沒有我的味道，枕頭也被我睡出一個凹痕來。我改到沙發上睡覺，接著，就聞到這股怪味了。

是該好好清理一下冰箱了。妳上一餐沒吃，我幫妳重新加熱，放在長椅上，上床睡覺前還用塑膠袋套好放進冰箱。

食物發霉了，黴菌孢子搞不好擴散到整個冰箱。我知道應該拿去丟，但我沒有。

我可以想像妳衝進家門劈頭就問：什麼味道？然後看著我。我的老天，妳都快十一歲了，為什麼不丟掉，給史林特吃也好啊？

我走到哪，灰色大狗史林特就跟到哪。我絆到牠，跌了一跤，醒來時牠正對著我的臉噴氣。牠一顆頭枕著我的膝蓋，我凝視著牠的褐色眼睛，把臉湊過去呼吸那股熟悉的濕熱氣息，氣息中夾雜著狗餅乾和骨頭味。

就像事發第一天，史林特對著我的臉噴氣，喚醒我。那一天，房間冷得不得了，我望向妳的房間，床鋪已經收拾乾淨；再看向廚房，後門敞開著。我的臉凍得發疼，呵出白色的霧氣。地上有葉子，不見妳人影，我知道妳在後院。妳出門一定會關上後門。我記得自己看了眼時鐘：七點。現在是星期天早上，外面矇矇亮，聞不到咖啡香。我走出去，瞥見後院倉庫大門半掩著，我推開門。

下一秒，屋子消失了。我站在草坪上，背後一片漆黑，伸手不見五指。

一陣風吹來，妳卻毫無知覺。我看著妳，微風拂過我的臉龐，貼近我的肌膚，揚起我臉頰上的髮絲。風向微微一改，吹得繩子嘎吱作響。

後門「砰」一聲闔上，如果不是我出神了，我準被嚇得不輕。烏鶇的鳴叫尖銳刺耳，我甚至可以聽見雜草生長的聲音。

我的耳朵對妳離開的聲音特別敏銳。每次妳一走，我的世界彷彿寂靜無聲。我會默默站著，小心呼吸，等妳再次開門進來。妳從桌上的碗裡拿走鑰匙，奪門而出，扔下我一人。即使有心理準備，我還是會被關門聲嚇一跳。每當妳瞇起那雙渙散的眼睛，妳眼中看見的就不再是我，而是毀掉妳人生的東西。妳會放聲大吼，拿起鑰匙衝出家門，而我總是被那「砰」一聲關上的門給驚嚇到。

小時候，我會哭。然後妳會回家，我把鼻子埋在妳的肩上，妳抱住我，身上溫暖的味道包圍著我。我安心了，不再激動。妳摸摸我的頭髮，我順從地閉上眼睛。不管之前發生了什麼，這一刻便已足夠。

妳只是生氣了。就像週末的時候，每當妳難過就會躺在床上一樣。我不再躲在棉被裡，也不再哭泣。關門聲讓我緊張，但我會杵在原地不動，史林特則坐在我腳邊陪我一起等。我內心忐忑，雙腳發麻，腳趾藉由史林特的屁股保持溫暖。有時候妳一下子就回來了；如果等不到妳回來，史林特會先離開，我也會有所行動，不是去寫作業，就是去清理或修補讓妳氣到離家出走的東西。

有時，我會去翻看那本厚重的藍色字典，試著找到可以形容這種感覺的詞語。「焦慮」似乎是最接近的詞，但又不夠精準；我的確覺得害怕，卻又能平靜地接受。「茫然」應該也可以，我心情浮躁，但我總能找到事做。夏天時，我和史林特來到屋外，我會去割草，或去幫妳喜歡的菜園拔草。有時，我躺在陽光底下，讓史林特把頭靠在我的腿上，閉上眼睛，看著眼皮底下跳動的紅光。我的心情應該是「矛盾」，但又不太對，因為我會心痛，畢竟妳走了。我找不到任何一個詞來形容我現在的心情。

接著妳去而復返，把我摟進懷裡，按著我的頭，讓我的鼻子埋在妳的肩頭上，就這樣，沒事了。我習以為常，習慣了妳不在家時的不安，習慣了擔心妳這次不會回來，但其實我多慮了，妳一定會回來。

現在我不知道如何是好。

我想妳不算真的離家出走，畢竟我知道妳人在哪裡。

那天早上，我關好倉庫大門，從後門回到屋裡，一路跌跌撞撞走向房間，每一步都踩空，一屁股跌坐在地。

我躲進自己的棉被裡，被自己的溫暖氣息包圍，就像身處在海裡。

不久，房間慢慢變暗，史林特的大頭枕在我的腳上，壓得我的腳趾有點發麻。牠不時舔舔鼻子、噴噴氣。我靜靜躺著，當四周變得漆黑，一隻腳掌伸進棉被裡，攀上我的手臂。牠嗚嗚叫著。

我起身，關上後門，餵牠吃東西。

隔天，我照常上學。

我渾渾噩噩地過著日子。

一切似乎如常，卻又不一樣。
妳。
這棟房子。
我。
我再也不知道生活的意義在哪。

第十五天

星期日

冰箱清理乾淨後，屋外飄進的味道變得更加明顯了。

曬衣繩上的衣服還沒收，衣服變得硬梆梆，連風都吹不動，要是我收下來，一摺疊就會斷掉吧。我改用廚房裡的曬衣架，反正也沒多少衣服要洗。

我用妳的金融卡買了麵包、牛奶、起司、尤加利精油噴霧劑、線香、薰衣草精油噴霧劑、蚊香、三台擴香機、十罐精油、一大罐漂白水、鐵人膠帶、一些水果、狗糧、杯麵和衛生紙。

隔壁婆婆坐在門廊上，端著杯子假裝沒在看，其實一直盯著我，知道我正拖著一大包東西回家。我無視她，鎮定地走過去。

我屏住呼吸，捲起毛巾塞到倉庫門底。妳是個聰明的孩子，動動腦吧！我再倒了點漂白水到毛巾上。

我在後門外插了一堆線香，煙飄進屋內，史林特打起噴嚏，我的鼻子也塞住了，兩邊鼻孔都悶悶痛痛的。

我用膠帶封住倉庫的窗邊和門縫，整個過程都沒往裡頭看。

幸好天氣寒冷。

我在屋內裝好擴香機，一個在大門邊，一個在後門，最後一個在廚房。這些精油都有功效：能量、睡眠、舒緩呼吸、放鬆壓力。說明書上說一次使用五到七滴，我一次加了二十滴，至少可以撐十個小時。我每天早上都會添加精油，這樣放學回家，一直到上床前，屋內會一直飄散香氣。

如果不介意天竺葵、薄荷和薰衣草味，還有那勉強被蓋過去的臭味，屋子現在好聞多了。

我看了一部配樂恐怖的鯊魚節目，盯著鯊魚冰冷的大眼和尖銳的牙齒。船員這時打開袋子，露出某種滑溜的黃色東西，下一秒，鯊魚一溜煙游開，消失了蹤影，如果不是有船員做對比，我會以為節目快轉了。海中最大的掠食者在聞到同伴屍體味道時居然也會逃之夭夭啊。

這並不有趣，但我差點噗哧一笑。

第二十一天

星期六

味道愈來愈重了，我現在一踏進廚房就會感到噁心。我點燃更多線香，把擴香機加到最滿。憋住呼吸，走到院子，沒有多想就往塞住門縫的毛巾倒更多漂白水。

我用膠帶封死廚房窗戶。

電視還開著，我帶狗狗出去散了很久的步。

第二十二天

星期日

史林特不喜歡被關在家太久，所以我留牠在後院解放的時間也愈來愈久。一開始，我會用繩子拴住牠，但牠睜著那對褐色眼睛望著我，我立刻懂了。每當妳站在浴室走廊，催促我快一點，我也尿不出來。所以我捨棄繩子。既然不用繩子，我也沒必要站在一旁陪牠，畢竟天氣實在太冷了，尤其是後院，簡直天寒地凍。

史林特在倉庫門口附近挖了一個洞，我視而不見；牠追逐那些黑色的小東西，我也裝作沒看到。我知道那是什麼，第一晚，有一隻從屋後地面鑽進來，爬上牆面，在梁柱間東竄西竄，最後從通風口跳出來，溜進客廳。我不用看也知道，因為在我睡覺時，牠爬上床窩在我旁邊，我一覺醒來，只見牠在一旁又抓又咬，不停蠕動。

我站在窗邊尋找史林特的蹤影。我不喜歡牠去追那些牙尖嘴利的傢伙。萬一牠抓到一隻呢？萬一牠吃下去呢？動物無所不吃。我可不想看到那一幕。我沒有緊盯著史林特，只留意牠何時要進屋。

雜草愈長愈高。我的目光停留在草地上，不去搜索窗外史林特的蹤影。雜草幾乎快到倉庫大門的一半高，遮蓋掉我塞在門縫裡的毛巾。蔓生的雜草眼看就要淹沒倉庫。帶刺的薊也長高了，那些刺總讓我聯想到妳以前經常讀的《睡美人》故事中出現的荊棘。我滿喜歡茂盛生長的植物，一打開門就會有不同的風景。

史林特似乎不排斥這片叢林，還替自己在後門附近做了一個窩。牠追逐著不存在的東西，一跳到草上，毛茸茸的小生物就四散奔逃。牠就像一隻野貓，也像隻瞪羚，只差瞪羚不是灰色的，也沒有呆頭呆腦。我看著牠東竄西跳，點點陽光灑落在院子中央，蟲子都跑出來了。我還以為蟲子不是在睡覺就是死翹翹了，沒想到一點點陽光就讓牠們全活過來了，尤其是蒼蠅。

史林特舔著我的腳，我低頭，牠的眼皮對著我不停跳動。牠噴了口氣，倒臥在地上。我瞄了眼時鐘，我居然光看蟲子就看了一個多小時。

要是人類都消失了，我想不用多久，牠們就會接管整個世界了吧。

第二十三天

星期一

我一如往常醒來，臉都凍僵了。電視開了靜音，但螢幕的光芒照亮了房間，讓那些愛咬東西、眼睛發光的小東西不要趁我睡著時接近我。電視發著光，我喘著氣，呼出白色霧氣。

我的心跳逐漸平緩。家裡冷得要命，安靜得聽得到所有細微的聲響，冰箱、時鐘、我和史林特的呼吸。牠跟我一起睡在沙發，晚上我不會放牠到外面去。

我坐起身，雙腳落地。第一個星期，妳房裡的數位鬧鐘會在每早七點響起，鬧鐘表面四四方方，我摸來摸去，找不到任何可以關掉聲音的開關。我一把將鬧鐘往牆壁扔過去，沒想到這個玻璃和塑膠製的仿木質鬧鐘居然沒有粉身碎骨。妳的房間不大，鬧鐘沒有飛太遠，連插頭都沒被拔掉，但它再也不會在七點響了。時間停在十一點十一分，畫面閃爍個不停，看起來還在正常運作，沒有壞掉。某幾個早上，我會特意過去看那些閃爍的數字。我彎下腰，手指抹過螢幕，幾乎感受不到那些裂痕。不過鬧鐘沒有我想像中安靜。

每天早上，我會添滿精油，默默地洗完澡。我的早餐是穀片，史林特則是狗糧。家裡不再有吐司香、沐浴乳和洗髮乳的柑橘味；沒人輕吻我的頭頂，吩咐我放學回家路上順便買瓶牛奶、麵包或果汁，也沒有人會因為我拖拖拉拉而生氣。我還挺懷念有人嘮叨的日子。

我拿起書包，出門上學。

第二十八天

星期六

我不太記得第一個週末發生了什麼事，只有一些房子的片段、史林特和闔上的窗簾。我的腦袋光是正常運轉就很辛苦了，很難再去記住事情。

我倒是還記得星期天晚上。我收好書包，設定明早起床的鬧鐘，淋浴淋到水變冷。我記得自己在沙發上醒來，冰冷潮濕的頭髮害我頭痛，妳的棉被和史林特讓我滿身大汗。然後，我就去上學。我想都不用想，立刻切換到學生模式，這跟穿衣服一樣簡單。但回到家後可就不同了。

第二個週末，我無事可做。我待在家，鎖好大門，坐在濃烈的丁香葉和松木精油煙霧當中，感受著這些照理可以放鬆冬天壓力的香味。史林特走來走去，而我看電視。妳老說電視播的都是些垃圾節目，對吧？尤其是白天的節目。不過我晚上也看，我會看妳最討厭的肥皂劇、警匪片和限制級影片。廣告的嘈雜和亮度常影響我睡覺，聲音會鑽進腦袋害我頭痛，所以後來我幾乎都關掉聲音。但我會聽ABC新聞台24頻道，報導金融、指數、八卦或是顛沛流離的孩子。爆炸、瓦斯氣爆、火災，有時候我會哭，但大部分會讓我感到好過一點。

一開始我哪也去不了，我的腰彷彿被一條無形的鬆緊帶拴住；我不想待在這裡，但又跑不了多遠。我只能留在家裡，帶史林特在附近散步尿尿，到加油站商店買麵包、起司片和快煮麵。然後帶子開始變鬆，我的活動範圍終於可以超出學校和商店。我走得愈遠，帶子變得愈鬆，直到我走到了石溪公園，才終於擺脫掉這條帶子。

我們走個不停，週末幾乎都在走路。吃完早餐就出門，直到太陽下山才回家。史林特如影隨形地跟著我，整個城市猶如《魔戒》裡的黑暗塔，潛伏在我們身後。妳走後的第二個星期六，我看了《魔戒》。妳說得對，片子很長，雖然有點恐怖，但比不上新聞和這棟房子。我一口氣把下載的三部曲看到完，天都快亮了。接著，我幾乎睡掉一整個星期天，等到要出門散步天都黑了。我們第一次晚上散步，史林特很不高興。我走到河邊，一想到要回去空蕩蕩的房子，睡在沙發上，我馬不停蹄繼續走。

接下來的週末就過得比較有規律了。我一早起床，替史林特準備點心和一瓶水，我們隨心所欲穿梭在大街小巷，看到哪條路就走哪條路，可能愈走愈偏，也可能愈走愈深入，取決於一開始走的方向。我們去到中央商業區，史林特不喜歡；肯辛頓區，我喜歡那裡的小屋。沿著馬瑞比濃的河岸公園散步，遇到一大群陌生人；西福茲克雷、賽頓、亞拉維爾是個很好融入的地方，有非常多的小孩子。我們走遍每條路，最喜歡的是雨天時的福茲克雷河岸小徑，雨天才不會有很多騎單車的人，只是這裡很少下雨。

因此，今天我們只在附近社區到處蹓躂。我喜歡看別人家的房子，說是「喜歡」也許不太正確，我其實是在幻想自己住在裡面。幻想是美好的，但夢醒了就很殘酷。儘管如此，我依然故我。我想起妳。以前，當史林特還是隻小小狗，連路都走不穩，每天晚餐過後，我們會牽著牠到鬧區去散步。妳一一指出妳喜歡的東西：這道門、那些花。我們一起幻想，如果我們住在裡面，會怎樣裝飾房子。但到了最後，妳總會變得眉頭深鎖，沉默不語。史林特長大了，可以好好走路後，妳幾乎足不出戶，也不允許我和史林特跑太遠，我們只能在附近公園走走。

現在，我們想去哪就去哪。我最喜歡有門廊的屋子。賽頓區的房子門廊上擺有桌椅，懸掛著綠意盎然的盆栽，花團錦簇。我從沒看到有人坐在外面，但椅子上擺著坐墊，看起來既舒適又漂亮。桌旁的椅子像是剛有人坐過，但我每次看到有人步出家門，不是立刻上車，就是直接走掉，沒人坐到那張舒服的椅子上，或停留在擺著花盆的桌旁，或坐下來欣賞那些漂亮的植栽。有時，我會站在柵欄門邊，握著門把，望著眼前的一切，想像自己住在裡面，那些坐墊都屬於我。

一天接近尾聲，我的背包幾乎空了——我們吃光帶來的零食，水壺拿在手上。我無聲無息推開柵欄門，這是我第一次坐在椅子上俯瞰街道。沒人瞧見我，也沒人走出門。我會挑外觀最溫馨的房子，門廊上的椅子像是有人坐過，而不只是聖誕節時的教堂擺飾一樣僅供展示。我停留的這戶人家有粉紅色大門，橡實造型的厚重黑色門環。

桌子隨手一摸都是灰塵。然而坐墊又大又軟，就像家裡用的一樣。史林特不肯坐下，牠一步一步，左右張望，腳掌拍打地板。我緊張了，示意牠坐下，牠一個後退撞倒了花盆，發出巨大的聲響，植栽傾倒，泥土撒了一地。

我緊張地屏住呼吸，然後瞄準下一棟屋子。黃色和粉色的坐墊完美搭配門廊階梯兩側懸掛的三色堇花盆；坐墊不大，可以輕易塞進隨身包包裡。有些屋子懸掛的盆栽比背包還小，有些則放了一些花園小擺飾，例如鐵絲做成的動物或小鳥，就是那種一般家庭會在週末去花市買的小東西，或是有人送的。有些迷你裝飾甚至小到可以放進背包側袋裡。

天氣冷得要命，我的嘴唇都凍僵了。我和狗狗一直走，陽光消失了，萬物黯淡。幸好我穿著這件妳從美國網購到的軍綠色外套。雖然衣襬快要拖地，厚實的內襯也讓我無法隨意彎曲手臂，但至少溫暖防水，而且有許多口袋。另一條路傳來甩上車門的聲音，燒木頭的煙味驅散了鼻中的寒冷。這棟房子掛了一盞燈，燈裡的蠟燭看起來是全新的。我打開柵欄門，門發出宛如嘆息般的細微聲響，我走進去，花園裡的灰色大葉子猶如小動物的耳朵，還有一隻用生鏽金屬做成的小蝸牛，牠背上的殼居然是真的。我蹲下來伸出手，外套袖子無聲皺起，我拿起蝸牛，感覺沉甸甸的。

「喂！」

我驚跳起來。一名身穿車衣的女人牽著單車走進柵欄門。我倒退一步，腳陷入鬆軟的園圃泥土裡。

「妳在做什麼？」

她指著我手上的蝸牛。我往後瞄了一眼史林特。牠從樹叢中探出頭。

女子下了車，踩著單車鞋一拐一拐地沿著小徑走來。

「妳拿我的蝸牛做什麼？」

我把蝸牛丟回花園，蝸牛滾落到小羊耳朵狀的葉子底下。我指著史林特。

「我在遛狗。」

她站到我面前，用單車擋住我的去路，傾身湊近我的臉。

「那妳幹嘛拿我的蝸牛？」

「我只是看一看。」

「這附近的花園最近常常失竊。」

「不是我。」我直視她的目光。

她眉毛一挑。

「我覺得這個飾品很特別，所以拿起來看看。」

她挺直頸背，解開安全帽，死盯著我看。「妳叫什麼名字？」

我看著她。「我媽說不可以告訴陌生人我的名字。」

「那她有教妳不能偷東西嗎？」

「我沒偷！只是看一下。妳不能隨便指控別人偷東西，這樣不好。」我瞪著她。

她後退一步，高舉雙手。「好吧，妳不肯說出名字就算了。天都快黑了，妳差不多……九歲了吧？」

我又不笨，怎會聽不出來她在套我話。我聳聳肩。

「妳一個人跑來這裡做什麼？」

史林特跑到我背後，倚靠我的大腿，我撫摸牠溫暖的耳後。那個女人有點被史林特的體型嚇到。我清清嗓子。「我在遛狗。」

「妳一個人？妳爸媽呢？妳迷路了嗎？妳住在哪裡？」她連珠炮般發問，我不禁懷疑她是老師，想也知道我不可能回答。

「我很好，我只是在遛狗，我們現在要回家了。」

我晃了晃手中的牽繩。

她眉頭一皺。「天快黑了，妳不該一個人在外面遊蕩。妳到底幾歲了？」

「我很好，我有狗。」我把牽繩扣在牠的項圈上。

「聽著。」她拍拍單車座椅，「我先去把腳踏車放好，然後開車送妳回家。」她瞄了眼史林特，「妳的狗可以坐後座。外面很冷，天色又暗，不能讓妳一個人走路回家。」她一副理所當然我得上車的模樣。我牽著史林特就要走。

「我很好，謝謝妳。」我好有禮貌，妳真該以我為傲。不知道多說幾句謝謝能不能脫身。我繼續朝柵欄門走，呼吸聲迴響在耳邊。

「我只是想幫妳。」她抬起單車走上門廊，放在小桌子和擺著坐墊的椅子旁。

「我不需要幫忙，我很好。」我後退到小徑附近。

「也對，妳不會想上陌生人的車。」廢話。「我可以理解，但知道妳平安回到家我會比較安心。這樣好了，我在後面陪妳走回家，好嗎？」她又把車抬回地面，轉過車身正對大街，一腳踩上踏板。「我要確定妳媽媽知道妳在哪。」她低頭瞄了眼掉在樹葉底下的蝸牛。

我倒抽一口氣。史林特舔舔我屁股後的外套。我一手抓著牠的項圈，手指陷入牠溫暖的毛皮裡，另一手伸向她的單車——她只有一隻腳踩地。我使勁往左一推，轉身拔腿就跑。

「喂！」我聽見她跌進花園的聲音。我頭也不回地跑，史林特緊跟在旁，試圖咬回我手中的牽繩，我不理牠，拉著牠一直跑。牠想鑽進我的兩腳之間。「史林特！」我吼牠，努力保持平衡。我回頭看，沒人跟上來。我們繼續跑。

我睡不著，史林特也是。電視開了聲音會太吵，關了聲音螢幕又太亮，不看電視我又會胡思亂想。萬一她跟過來了呢？我特意多繞了半個小時才回家，萬一她尾隨在後我沒發現呢？萬一哪天碰到她，被她認出來呢？我喉嚨緊縮，用雙手蒙住雙眼，專注在呼吸上。用行動打敗恐懼。妳的聲音浮現腦海，我不能呼吸。面對它。史林特把頭枕在我的腿上。我想起那個女人的臉，她牽著昂貴的單車，站在美麗的花園裡，等著我回答她的問題。史林特噴了口氣到我的手指上，抬起眉毛望著我。

我往擴香機裡添加更多精油，穿上鞋子，史林特不用人催就跟上來了。

我們回到夜色之中。蝸牛剛好放得進我的口袋，我順手拿了張椅子，把坐墊留在她家前門的地毯上。

第二十九天

星期日

我們一大清早就起床了。

我拿出口袋裡的小植栽吊盆，小心翼翼補了些土進去。植栽帶有長長的卷鬚和宛如白珠子般的葉子。隔壁婆婆背對著我們坐在門廊椅子上，裝作沒在看，其實正透過窗戶倒影觀察我。只要我和狗狗一進屋，她肯定會跑到籬笆旁來偷看。妳都叫她老太婆。誰知道她以前是怎麼過的。妳會這麼說。正確來說是愛管閒事的老太婆。

我視而不見，站在偷來的椅子上，把新盆栽掛在鏤花的鐵屋簷上。我拿出袋裡的坐墊，輕輕撥掉上面的泥土，抖一抖後放在椅子上。現在，我有兩張奇怪的椅子和兩個不搭配的坐墊，以及兩三株盆栽；一根鐵絲鳥花插，和一隻揹著真正蝸牛殼的鐵蝸牛。我往後退，欣賞自己的傑作。

看起來……別出心裁，不像是四處收集來的東西，有些咖啡廳也會用不一樣的椅子呀。房子現在看起來生意盎然多了。我調整了一下椅子，一眼看上去好像剛有人坐過一樣。一個溫馨的家。我想起妳走後的第一個星期，我看了一個叫《俄亥俄州的送行者》的深夜節目，他們會替死者化妝，讓死者看起來彷彿活過來了一般。

第三十天

星期一

我又醒了。電視新聞在報導爆炸和死亡。我抬起頭，轉成靜音。空氣中剩下冰箱的運轉聲和史林特溫暖的氣息聲。我把頭埋進枕頭，不去理會牠纏在我頭髮上的舌頭。星期一，得去上學了。我離開沙發，做完星期一早上該做的事。添滿擴香機，餵飽狗狗，梳洗完畢，換上衣服，一邊吃早餐一邊聽音樂。之前，我的手指總是游移在妳的早晨曲目上，遲遲沒有按下，今天我按了。吐司卡在我的舌頭上，我吐了出來，吐司掉落到盤子裡。我吞不下去，胸口好痛，但我坐在原地繼續聆聽。這是妳嗎？尖銳而不成調的鋼琴聲充斥廚房，我不懂得欣賞爵士樂，聽在耳裡就像破碎的音樂，不過我會試著去接受。我努力跟著哼，填補空缺的拍子。我把吐司倒進垃圾桶，洗好盤子，穿上毛衣，勉強自己繼續聽音樂，直到忍不出伸手按下暫停鍵。隨之而來的安靜令我鬆了口氣，感覺就像放下一顆燙手山芋。妳化成了音樂和寧靜——我始終接近不了。

不要想了，我還得上學。我反覆查看時間，我不想太早到校，也不想遲到。一秒不多，一秒不少，只要趕在鈴響前把書包放好。

我在學校有朋友，大家都喜歡我，妳知道嗎？妳有想過當妳不在的時候我是什麼樣的人嗎？在班上，我是值得信任的人，大家開玩笑，我會捧場大笑，我會提問也會聆聽，大家喜歡和我一起，沒人會過問我的事。我不有趣但平易近人，跟多數人都處得來，只是沒有任何知心好友。我在每個小團體之間來去自如，受到歡迎，但我不在場也沒人在乎。我讓人感到舒服，沒人會對我感到好奇。

我覺得很好。

我談笑風生，周旋在朋友和課業之間，轉眼間就來到最後一堂課。

范姆老師揮舞著手上的通知單。「注意，下禮拜就是親師會，這張單子會教大家怎麼線上預約。請家長務必跟我約好時間，先搶先贏。」她把通知單一一發給每個人。「勾選完能否參加後，底下需要家長簽名，這樣我才知道大家都有收到通知。無論家長會不會參加，都要簽名繳回單子，別忘囉！」

親師會。爆炸性的字眼。一想到妳，我就難以呼吸，現在我連在學校都躲不過。

我心跳加速，呼吸混亂，我試圖忽略喉嚨的不適，全神貫注在桌子、白板和老師的聲音上，專心做我該做的事，然而耳邊充斥著自己的呼吸聲，整間教室逐漸模糊不清。我全身僵硬，彷彿有隻老鼠從喉嚨鑽入我的身體囓咬，用牠的小胸口磨蹭我的胸口，牠的心臟跟著我的心臟一起跳動，一顆太快，另一顆太慢。我閉上眼睛感受，又一次踏上草坪，赤裸的腳踩在冰冷潮濕的青草上。我不知道時間過了多久，但感覺像是一輩子。

我十指用力，壓到某個堅硬的東西。我盯著自己的手，眼睛漸漸恢復正常，才知道我壓的是桌子。聲音也回來了，有說話聲，和椅子摩擦地板的聲音。

回過神，我正穿著學校鞋踩在地板上。我緩過氣，胸口也不那麼痛了。我抬起頭。

「蕾伊，妳還好嗎？」范姆老師看著我。

我點點頭，其他人都在走廊上嬉鬧喧嘩。一天結束，眾人迫不急待要回家。我不想引來不必要的關心，老師擔憂的神情令我腦中警鈴大作。

我強顏歡笑。「我發呆了。」

她點點頭，打量了我一會兒。

我咧嘴一笑，從她手裡接過單子。「明天見，范姆老師。」

「好的，蕾伊，明天見。」

我咬破嘴唇內側，嘗到了熱熱的鹹味，眼眶含淚，恍惚間彷彿聽到妳的聲音：太不小心了。

家長們笑容滿面地在校門外等待，雖然始終低頭滑手機，但至少人到了，會拍拍孩子的背，摸摸孩子的頭。我視而不見，把鴨舌帽壓得低低的，遮住自己的眼睛，往校門走。

上一次妳無預警跑來學校接我，猶如鬼魅般站在樹底下。要牽不牽地拉著我的手走回家，不耐煩地嫌我動作慢吞吞。快點！妳一生氣就會拉長喊我的名字。回到家後，妳開始煮飯，一邊切紅蘿蔔和洋蔥，一邊加熱爐子上的大鍋子，但鍋裡空空如也。等我從房間出來，鍋裡的奶油已經燒到焦黑，紅蘿蔔和洋蔥碎末還躺在砧板上，妳坐在椅子上盯著外面的倉庫，臉上的神情令我心痛。

所以我從不去回想這一段過往。

我穿過家長群，走出校門，路線不變的話，要三百四十二步才能到家。跟我同學昆汀不同，我不是一個會算步數的人，但我現在心煩意亂，算步數有助於沉澱思緒。我盯著自己的腳，糾結的腦袋漸漸鬆開，變成一個又一個數字。有時候我會改想文字，一些關於跟走路有關的詞，我想出最棒的十個：信步、蹓躂、蹣跚、健行、行軍、徘徊、徒步、漫遊、遊蕩、曳步。我自己也編造了幾個，像是街走、呆逛、抬步，不知道要怎樣才會被收編到字典裡去？寄電子郵件去申請嗎？如果算步數和想詞語都沒用的話，那我會來數到家前心跳多少下。如果心跳夠快，我的每一步會跳兩下，而抵達家門要三百四十二步，也就是六百加八十再加四，一共是六百八十四下心跳。但我不確定數字正不正確，是要根據胸口的撲通聲算兩次？還是脈搏跳一下算一次？如果是胸口的聲音，每一步就得算成四下心跳，這樣一來，就是一千兩百加一百六十再加八，抵達家門一共要一千三百六十八下。太多了。聽說人一分鐘的平均心跳是六十下。所以，撲通聲一定是合在一起算一次，不然我的心跳數就爆表了。有時候，我覺得自己心跳得真的很快，有時候，又感覺心跳停了。

史林特用腳掌推打前門，窗戶格格作響，我把數字拋在腦後，站在信箱前，望著牠伸著大鼻子擠進底下門縫東嗅西嗅。我察看信箱，史林特嗚嗚哀叫，我喝斥牠安靜。信箱裡只有一些披薩廣告單和一張瓦斯帳單。我靠在信箱旁，陽光透過稀疏的葉縫灑落，微微溫暖了我的臉。我閉上雙眼。

頭髮有微微的異樣感，好像有人碰我。我迅速睜開眼。一個年紀和我相仿的男孩子伸手要來拍我的肩膀，反而被我嚇了一大跳。

「喔。」他把手插進口袋，清了清喉嚨。我看過他，他兩個月前才搬到這條街上，我們上不同的學校。

我瞇起眼。「你想幹嘛？」

「我……呃……」他耳根子都紅了，感覺有點可憐。一點點而已。

「你……呃……怎樣？」我瞪大雙眼重複他的話，冷笑地說，「你入侵他人土地騷擾別人，你是跟蹤狂嗎？」

他後退一步，看向後方。「不是、我、呃……妳掉了這個。」他遞出某樣東西。我瞄了一眼，是親師會通知單。

「喔。」我卸下肩上的背包，拉鍊開了，不知道還掉了什麼。

「掉在轉角那裡。」

我瞪著他。

「我從公園回來……」他指著背後的馬路，耳際的紅潮一路蔓延到脖子，「在妳換肩膀的時候，我看見這個掉出來了……」我皺眉。「我是說，當妳把背包換到另一邊的肩膀時，就是那個時候掉的，在轉角那邊。如果妳檢查背包是想知道還有沒有掉了別的，我可以告訴妳，只有掉了這個。」

我從他手裡拿過單子。「謝了。」我轉身，讓他知道這件事到此為止。

「我叫奧斯卡。」他脫口而出。

我回頭看，他已經把手抽出口袋，看來是想跟我握手。

「知道了。」我點頭，轉身離開。

「是作家喔。」男孩子沒有罷休。

「我的名字是來自作家的名字喔！」他喋喋不休。

這時如果是妳，就會吐槽一句：他嗑藥了嗎？然後嘲諷地哼個一聲。史林特在門後咆哮。我杵在小徑上，腳朝向家門，手汗弄濕了通知單。跟他搭話會不會讓他快點滾？還是會像餵海鷗一樣沒完沒了？我還沒想好，他又開口了。

「妳沒聽過奧斯卡・王爾德嗎？」

我開始感到頭痛。

「德國的德。」他說。

「什麼德？」

「王爾德。」

「王爾德是你的姓嗎？」

「不是，我姓蓋德斯。」

我一定在作夢，不然怎麼會有這麼無聊的對話。

我咬著唇——會痛，那就不是在作夢。

「那個作家叫奧斯卡．王爾德，我的名字就是來自他。」

「喔，那他寫了什麼？」我不假思索脫口而出，從他眼裡的光芒來看，我擺明是餵了海鷗。但我按兵不動，我喜歡閱讀。

「很多喔，他很有名。」

「比如說？」

「呃……什麼都寫啊，經典小說之類的。」他的脖子又紅了，死命抓撓手肘內側。

我忍俊不禁。「像是……？」

「書本、戲劇和短篇故事之類的。」

「童書呢？」

他點點頭，眼神左閃右躲。「有些是。」

我看著侷促不安的他。「有哪些？」

下一秒，他的視線拉回到我的臉上，笑盈盈地說：「有《自私的巨人》、《了不起的火箭》、《快樂王子》，很多喔！」

「好喔，改天有時間我會看一下。」我轉身朝向大屋。

「我有喔，想看我可以借妳。妳叫……梅伊？」

「蕾伊。」我下意識糾正他。他嘰嘰喳喳的說話方式讓我鬆了戒心。

我關上柵欄門，門夾到他的拇指了，我不理會他的哀號，活該，誰叫他站那麼近。

「是來自哪個人嗎？」

「沒有。」我踏上門廊。

「有什麼涵義嗎？」

我插入鑰匙。「沒有。」隨即關上大門。

史林特撲向我，我把瓦斯帳單丟在椅子上，打算之後再來煩惱這件事。精油快燒光了，香橙、丁香、薄荷和薰衣草的味道變淡，讓其他的味道有機可趁。我站在廚房裡，妳的味道隱約飄了進來，鑽進我的鼻竇、我的肺，我想像妳從肺囊進入血液，直達我的心臟。我從水槽底下拿出空氣清新劑對著天花板噴，水霧從天空飄落，妳的微小粒子也掉了下來，落在地上被濃郁的花香掩蓋過去。我點燃線香，思索著要上哪遛狗，至於其他事能不想就不想。

我還有作業要寫，而且我餓了。晚餐一樣是麵配炒蛋，也好，很好吃。我拖到晚餐後才帶史林特外出，相信那個男孩子一定離開了。

我替史林特繫上牽繩時，大毛球開心到差點在廚房地磚上滑倒。我們最近常常在晚上外出，誰會管，妳嗎？

晚上既舒服又安靜，這個時間街上沒什麼人，每個人都窩在家裡；大賣場休息，貨車停車場鴉雀無聲。我們走向盡頭的停車場，通過橢圓草坪，來到狗狗公園。現場的狗不多，看到我們，狗主人依然站在原地，倒是狗狗們蹦蹦跳跳跑過來迎接我們，史林特也跟著其中兩隻狗追逐起來。為了保持溫暖，我在鐵絲網旁跳上跳下。

「妳一個人？」

我嚇了一大跳，我以為旁邊沒人。有個男人倚靠在鐵絲網另一側，臉離我好近，我可以聞到他身上悶臭的菸味，我厭惡地別過頭。

我內心天人交戰，到底是「不要跟陌生人說話」還是得「對大人要有禮貌」。好吧，禮貌贏了。

「不是。」

「妳媽媽呢？」

這問題把我帶回到倉庫外，微風撥起我臉頰上的髮絲。

「她在那裡嗎？」他湊過來伸手指出方向，手臂差點碰到我的臉頰，身體擠壓我身後的鐵絲網。我聽到他粗嗄的氣息聲，我的心跳變得紊亂。他的雙手強硬地扣住我的肩膀。儘管我身上穿著妳的外套，依然能感覺到他的手指緊掐住我。我好想拔腿就跑，但我和他僅一網之隔，他逼近我，氣息近到可以吹動我耳邊的頭髮。

「妳是一個人吧？」他的手往下滑落，搓揉妳的外套，「我可以陪妳喔。」

我一個箭步落荒而逃。「史林特！」我頭也不回地往前跑，我知道牠會跟上來，牠無時無刻不在注意我。我拖著沉重的腳步，穿越草坪，沿著小路不停地跑，在踏上馬路的那一刻剎住腳步，大毛球從後撞上我的大腿，如果不是我及時接住牠，我們差點連人帶狗滾出去，直接撞上迎面駛來的車。駕駛猛按喇叭，透過窗戶惡狠狠地瞪著我們。

我抓著史林特的項圈，拖著牠跌跌撞撞往我住的街道走。一繞過轉角，雙腿立刻癱軟，我跌坐在停車場的碎石地上，屁股都跌痛了。史林特舔著我的臉，溫熱的稀薄氣息搔癢我的耳朵。淚水在眼眶打轉，我掩著眼睛，把淚水揉進睫毛裡，擤擤鼻子。史林特把臉貼到我的臉上，我的呼吸混入牠的氣息，牠舔著我鹹濕的臉頰。

我恨妳。

我需要妳。

拜託別走。

我呼吸急促，手止不住顫抖。史林特很有耐心地陪在我身旁，等待我情緒平復。牠偌大的身軀緊貼著我，當我們一起席地而坐，牠的個頭比我還高。牠轉頭越過我的頭頂看向停車場。我的屁股又冰又麻，牠輕輕喘氣，晃動身體。我把手埋進牠頸背的毛裡取暖，牠的毛皮溫溫熱熱的。

我不知道自己站不站得起來，兩條腿癱軟得像兩袋水。我現在需要那位嘮叨的單車女士載我一程了，可惜整條大街一片漆黑。我努力撐起身體往家的方向走，街燈下只有我們一人一狗。

我宛如驚弓之鳥，一路提心吊膽，總感覺那個男人就尾隨在後，恍惚間可以聽見他沉重的腳步聲，以及他在樹叢後的氣息聲。但那不是他，樹叢後的窸窣聲來自毛茸茸、長牙齒的小東西。我身上有妳的味道嗎？有人聞得出來嗎？他們會知道嗎？動物們肯定知道。我可以想像那幾張有鬍鬚的尖臉抖了抖，聞出我身上的味道，開始流口水。如果我不見了，會有人發現嗎？史林特緊貼著我的屁股，一雙眼睛水汪汪望著我，我搔搔牠的耳朵，牠舔了一下自己的鼻子，滿足地嘆了口氣。

我們走回人行道上，長排貨車籠罩在大賣場的建物陰影底下，前方是萬家燈火。我數著，從轉角走到家門口約需五十七步。在我數到第四十二步時，左邊一個說話聲嚇得我立刻跳到史林特旁邊。

「現在遛狗會不會太晚了點？」

是隔壁婆婆，也就是妳口中的老太婆，她又跑到外面門廊上了。

我放鬆緊抓牽繩的手，繼續默數自己的腳步：四十三、四十四、四十五。

「妳媽沒教妳有人跟妳說話的時候不可以裝作沒聽到嗎？」

五十、五十一、五十二、五十三、五十四、五十五、五十六。

「沒禮貌的小鬼。」

五十七。

「最近的年輕人真是沒大沒小。現在的社會就是有太多沒家教的小鬼到處跑。」她裝作自言自語，但大聲到足以讓我聽得見。

我插入家門鑰匙。「煩死了，老太婆。」我沒有刻意壓低聲音。

「我聽到囉！」

我置若罔聞，走進家，「砰」一聲關上門。

妳的味道迎面而來。我忘了先添滿擴香機。我背靠大門，黑暗之中被味道團團包圍。妳的味道，公園男人的味道，此外還多了另一種，我自己的，一種恐懼的味道。

我鎖上大門，從廚房搬來椅子卡在門把底下。我查看了一下後門，加滿擴香機，確定所有門簾都有拉上。

史林特和我睡在沙發上，亮著燈，開著電視；我關掉聲音，打開字幕，觀賞一齣住家改造的英國節目。史林特的頭枕在我的腿上，垂著耳朵閉上眼。

我盡其所能地放鬆自己的下顎。

第三十一天

星期二

一睜眼，陽光灑了一地，我快遲到了。

我忙亂地開始換衣服，要是沒趕在上課前十五分鐘內到達，就會被記缺席，學校還會打電話聯絡家長。妳在語音信箱裡的聲音聽起來就像一個正常的成年人。學校會留言嗎？還是會改打電話到妳工作的地方？妳同事不會納悶妳怎麼都沒去上班嗎？妳的手機就放在廚房長椅旁的空水果盆裡，我每隔兩天就充一次電，但三十一天過去了，沒有一通來電。

我拿起一根香蕉，瞥了眼時鐘：八點四十七分。平常這個時候我已經在去學校的路上了。我倒了些食物到史林特的碗裡，打開後門放牠出去尿尿。點燃更多線香插在後門廊，重新添滿擴香機。史林特回來了，我關上後門，拿起長椅上的親師會通知單——留下好幾頁簽名失敗的紙。我推開大門，背包隨著我狂奔的腳步有規律地跳動著，同時我在腦中默數著往學校的腳步。

我懷疑自己是虛擬影像，有個同學被我逗笑了，可是我一點也沒印象自己說了什麼。我舉止正常，沒人發現我其實沒有實體。一位老師搓搓我的頭髮。

親師會通知單沉甸甸地躺在我的背包裡，我等不及要擺脫它，但又不想交出去。我如鯁在喉，沒解決掉這張紙，我這一天就別想好過。

鐘響了，我焦慮到難以吞嚥。

我的單子跟其他人的一起堆在范姆老師的桌邊，看起來平凡無奇。學習單上的數字糾結成一團，我刻意不去看老師正拿起所有通知單翻閱。

「蕾伊？」

我內心的老鼠又在搗亂了，經過一番爭鬥後我才得以喘口氣。

「有。」

「這學期妳媽媽不來嗎？」

「她要工作。」

范姆老師眉頭一皺。「轉告妳媽媽，她隨時可以聯絡我另約時間，好嗎？」

「她說有問題她會打電話給妳。」我尖聲地說。

「那好。」她微微一笑，翻閱另一張單子。我咬著唇，以免另一個我叛變，招出她不會打電話、不打的原因以及我身陷的境地。

我低頭看著眼前的學習單。

能洞悉我是孤單一人的只有那些看穿我的人，那個認出我是小偷的女人，那個知道我落單的公園男人。那些讓我心驚膽跳的人。

我整個早上心神不寧，只要范姆老師仔細檢查單子，就會把我叫到她桌前。但那疊單子始終躺在那裡，午餐過後就不見了。

下午是閱讀創作課，我們今年已經學過喜劇、冒險、懸疑，現在要進入鬼故事。范姆老師正在讀一本叫《看守人》（*The Turnkey*）的書，描述二戰時一個看守墓園的鬼魂。在她朗讀的這二十分鐘裡，班上一聲不響。我上學最喜歡的就是看她朗讀，趁機觀察她的腳。劇情來到恐怖緊湊的時候，她穿著鞋的腳趾會縮起，讀到激動處，她會翹起二郎腿，夾緊膝蓋。包括這一本在內，老師會挑全班同學都喜歡的書。這是一本歷史小說，有些人會哀哀叫，同時也是鬼故事，有些人會感到害怕。主角是一個十二歲女孩。就算有人不喜歡鬼故事、歷史故事或小女孩，但大家都喜歡這個故事。二十分鐘後，她要求大家寫作。上星期的主題是關於歷史方面，這個星期則是要帶點恐怖氛圍，這比上星期有趣多了。老師提醒大家多回想令自己害怕的事。我盯著桌上的練習簿，其他同學立刻嘻嘻哈哈地聊起吸血鬼和鬼魂，范姆老師示意大家不要交談，接著，課堂上只剩下窸窣的動筆聲。我們有二十分鐘的時間。妳最害怕什麼？我緊閉眼睛。妳最害怕什麼？我握緊著筆，睜開眼睛，眼前不再是練習簿，而是影子，陰魂不散的影子。頁面上的字跡瘋狂亂竄，五臟六腑糾結成一團，我嚥下口水，原本溫暖的身體此刻如墜冰窖，沉重地彷彿即將壓垮椅子，貫穿地板，直落地心。

「蕾伊？」

我全身僵硬，手指沉重冰冷，吸入的空氣無法運行，椅子神奇地撐住了我的重量。

「蕾伊？」

嘻笑聲傳來，我從桌上抬眼，看見一張張笑盈盈的臉。同學大多很好，學期初大家就約好要互相信任，凡事先往好的方面想，就連老師也不例外。

「蕾伊，妳想分享一下嗎？妳似乎沉浸在思緒之中，妳寫了什麼？」

我望著空白的頁面，好奇自己的嘴唇還能不能動，會不會直接從臉上脫落。我試著開口：「我……」我聲音沙啞，吞了口口水接著說，「我還沒寫完。」

「沒關係，不如妳先念寫好的部分。」范姆老師笑吟吟地說。

我沉重地呼了口氣。「我還沒開始寫。」

「好吧，那麼就說說妳的構思，如何？」

「我變成石頭，沒人發現。」

「喔，很有趣呢！被困在雕像裡一定很可怕。大家覺得呢？」

有人說：「想抓癢都不行。」還有人說：「小鳥會大便在你身上。」眾人哄堂大笑，笑聲有點高亢，整間教室鬧哄哄，開著愚蠢的玩笑，我的雙腿幾乎陷入椅子裡。

范姆老師拍了拍手，示意大家安靜。「好啦！札哈，你寫了什麼？」

眾人轉移注意力。

我變回石像。

我邁著沉重的三百四十二步回到家。我覺得當座石像都好過心裡有隻尖牙利嘴的老鼠。我查看了一下信箱，空空如也。

我踏過雜草叢生的前門小徑，一邊回頭搜尋那個叫奧斯卡的小鬼。太好了，沒看到人。我把玩著口袋裡的鑰匙。史林特嗅嗅前門。腳踏墊被埋在葉子底下。我拿起墊子，在門廊圍欄上拍了拍，把葉子抖落到花園裡後放回原位，對齊門框。我插入鑰匙，再次確認大街上沒有人。小徑上布滿泥濘的爛葉，有些已經留下污痕。門廊看起來還好，但曾經生機盎然的花園如今變得蕭瑟雜亂。我們家一向都是這條街上打理得井井有條的房子。我走回小徑，望著死氣沉沉的枯萎植栽和雜草。好久沒下雨了。

澆水是妳的工作。妳會把水管接上噴頭，來回對著植物灑水，我則坐在門廊階梯上看。日子好的時候，妳把水往我身上灑，水滴落在我的睫毛上，妳喊我蕾伊小公主，手裡的水柱往太陽方向一轉，在我頭上形成一道彩虹。*看吶，蕾伊，看到那些顏色了嗎？那些顏色形成一道光，那就是妳名字的涵義。*我開懷大笑，眨眨眼，水滴從睫毛滑到臉頰。

其他日子，水管不斷地出水，水漫過花園，流出柵欄門，淹到大街上，花險些被沖走。我關掉水龍頭，取走妳手中的水管，把妳帶進屋去。

我把背包丟在大門內側，從櫃子裡拿出掃把。史林特奔出家門，猶如一頭猛虎撲向垂死的植物。我跟在後頭不停地掃，沒多久，穿著學校背心的我已滿身大汗，清光了爛葉，把小徑整理乾淨。灑掃過後的門廊煥然一新。

天色漸暗，陽光逐漸淡去，就快入夜了。史林特站在門口旁，睜大雙眼。

「你餓了嗎？」

牠踱來踱去，嗚嗚叫催促著我。

我瞄了眼整齊的院子，空曠的大街。「好吧，我們進屋去。」我打住腳步，有聲音。我不確定是不是幻聽，聲音微弱低沉，氣若游絲的呻吟，有可能是來自調低音量的電視，但我人在戶外。我轉頭，五臟六腑又開始糾結，聲音很像來自屋後旁的小徑。我一步步走向側邊小門，側耳聆聽。

是從老太婆的屋裡傳來的。

我踩著蔓生的紫羅蘭花，耳朵貼在她家牆壁上。我們兩家外觀相似，所以我猜牆後是她的前臥室。不曉得臥室牆上的灰泥是不是同樣也裂出一道深長的裂縫。

史林特一直搖著尾巴拍打護牆板，使我聽不清楚屋內的情況，我用眼神示意牠安靜。牠坐下來，尾巴掃過我的腳。我的耳朵緊貼在牆上，可以聽見顱內血液流通和氣息流入鼻腔的聲音。還有其他聲音。

我微微後退，讓耳朵不至於碰到護牆板，聲音變得清楚了，是呻吟，好像在說話？

我輕敲牆面。

聲音停了。

我再敲，叩、叩、叩。

隱約傳出「咚」的一聲，接著又「咚、咚」兩聲。

我翻過籬笆，踏上老太婆家的門廊。史林特也想如法炮製，差點沒把自己掛在籬笆尖刺上。我揹起牠的大腳掌，牠踩在我的肩膀上，指甲緊抓著我，就這樣爬過籬笆。我們來到門廊上，我氣喘吁吁，牠舔著我的臉，搖晃尾巴。我側躺在地，免得自己吐出來。鼻孔裡都是狗狗的口水。等到我能正常呼吸，不會想要大哭或嘔吐之後，我跪坐起來。史林特歪著頭，朝我眨眼。

「早知道就走大門了。」

牠噴著氣。

「要不要敲門？」牠沒有回答。「我好像敲過了耶。」

都來到這裡了，我現在只想回家。我到底在想什麼？老太婆又不喜歡我，要是被她發現我在她家門口，又得囉嗦老半天。

我咬著唇。那個聲音很不對勁，她又那麼老了。

我按下門鈴。

無人應門。

我沒有多想，掀開信件投遞口的蓋子往裡頭瞧，眼睛還沒來得及適應黑暗，一股惡臭直接撲鼻而來，我放開蓋子，跌坐在腳後跟上，眼眶泛淚。

史林特嗅著底下的門縫。

別又來了。我把屁股挪到地上，老鼠又在啃噬我的內心。

「我們還是走吧。」但腳動彈不得。

呻吟聲又傳來，有人在裡面。

我撐起身體，深吸口氣，推開信件投遞口，這次我用嘴巴呼吸，但沒什麼用。

「哈囉？」

這次我聽清楚了，有人在喊**救命**。

我看向大街，看向我們家，看向史林特堅定的眼睛。

我站起身，正準備翻越籬笆，史林特又打算跟過來，這可不行。我帶著牠從柵欄門走出去，回到自己家，打開小門，沿著屋旁小徑來到兩家後院之間的籬笆。除了我家飄散的線香味，還夾雜著另一股味道。我一把抓住籬笆頂端，史林特在一旁汪汪叫。

「待在這裡。」儘管心跳急促，我依然一越而過，降落在另一邊的地上。

後院雜亂無章，到處堆放著花盆、舊桶子、壞掉的椅子，還有一張三隻腳的桌子倒在一旁。跟我們家一樣，這裡也有一間被雜草蓋住的倉庫，不同的是，這一間的門沒有關上，看得見裡面亂七八糟，生鏽的園藝工具東倒西歪，花盆破碎凌亂，就像從巢中掉落、破碎的鳥蛋。我的目光忍不住一直飄向那間倉庫，我眨眨眼，打住思緒，這不是我來這裡的目的。

我站起身，盯著屋後，跟我們家沒什麼兩樣，同樣斑駁的護牆板，同樣方正的窗戶。我瞇起眼睛，在昏暗的夜色之中，看見其中一扇窗戶開了一條縫。我踮起腳尖，推了一下，窗戶開了。我費勁地爬進去。牆邊堆了東西，我一下子就踩到地，說得更正確一點是滾進去。味道比想像中還要臭，混雜了酸味、甜味和泥土味。嘴裡有一種從鼻腔鑽進來的臭酸味；還有食物腐壞的味道，應該是冰箱傳出來的，簡直就像——

我把頭埋在膝蓋裡。別想了。

我試著用嘴巴呼吸，壓抑那股作嘔的感覺，不但沒用，那股味道反倒竄進喉嚨，覆蓋舌頭。我緊閉嘴巴，鼻子偵測到另一股微微的香氣，是空氣芳香劑，我的頭都痛了。

我小吸一口空氣，提醒自己來這裡的目的：有人在**求救**。

「哈囉？」我等待。

前廳隱約傳來聲音，不曉得那個人會不會聽到我的心跳聲。

我摸黑前進，地板凹凸不平，才跨一步就差點滑倒，我小心翼翼地拖著腳走，再次呼喚：「哈囉？」

「我在這。」

屋內到處堆滿東西，地板踩起來是軟的。我低頭一看，這哪是地板，我根本走在一堆東西上頭。四周都是陰影，我看不見牆壁，門口在哪只能胡亂猜。

所有東西都衝著我大叫滾出去。房間又黑又臭，層層疊疊的陰影籠罩我。有東西從我腳邊竄過去，我不敢往下看，也不敢抬頭看，有東西掛在天花板上。我不能呼吸。

有東西掛在天花板上。

烏鶇尖銳高亢的鳴叫在我耳邊炸裂，我可以聽見植物生長的聲音。我蹲下來，十指死壓著地面。

我不能呼吸了，我緊抓著雜草，但那不是草，是某種濕濕黏黏，像紙一樣的東西。

有東西掛在天花板上。

我腦中的門關上，我回到這個陌生的房子，這個跟我們家很像的房子，我的頭頂上掛著東西。

我嘗試起身，差點跌了個倒栽蔥，心臟幾乎炸掉。我的腳動彈不得，唯一的念頭是：快離開。我摸黑前進，努力呼吸，試著放慢腳步。我很想跑，但一跑就會跌倒。我兩手握得死緊，閉緊雙眼。

「**救命**。」聲音從背後傳來。

我打住腳步，依然閉著眼睛，試圖用嗡嗡作響的耳朵聽清楚那個聲音。

「**拜託**。」

不是妳，裡面有人。

「**救命**。」

有人需要我。我睜開眼睛，緩緩用嘴吸氣，舌頭上有噁心的味道也只能忍了。我要專心。牆壁回來了。牆邊原來堆了書本、雜誌和許多裝滿蛋盒的箱子，還有——那被埋起來的是腳踏車？掛在天花板上的是吊燈，以及一條又一條的捕蠅紙。黑暗之中也能看出這些東西都陳舊蒙灰了。專心。

「哈囉？」我尖聲喊著，想抓點東西撐住自己，又怕一碰所有東西都塌下來。我踩著地上的雜物，每一步都如履薄冰。我清清嗓子。「妳在哪？」

「我在這裡。」

我找到門口，朝聲音的方向走去。黑暗之中有動靜，我膽戰心驚，耳朵嗡嗡作響，肚子咕嚕作痛，感覺隨時會拉肚子。我咬緊牙關，渾身冷汗，幸好還有其他東西轉移我的注意力。那東西又動了一下，我在一片漆黑之中認出那是隻手，而手臂連結到……一個頗為眼熟的人。我抓著某個東西——應該是門口吧？我喘著氣，汗水乾了，身體發冷，我努力瞧個仔細。

老太婆被壓住了。是書櫃嗎？天色漸暗，窗前又有一堆東西擋住了光，我看不見牆壁，甚至不知道上哪找電燈開關。

「妳還好嗎？」我的聲音幾乎算得上是冷靜了。

「我被困住了。」

我走過去，顫抖著手想去抬起書櫃最上方的一角，但實在太重了。要不是地板堆了太多東西，她早被壓垮了，搞不好地上還會出現一個人型凹洞。我忍住笑意，手也不抖了。

她躺在黑暗中盯著我看，我蹲在一堆亂七八糟又臭得要命的東西之中想辦法。

好吧，那就弄條通道出來？書櫃其中一邊底下有一堆看起來像是報紙的東西，我動手把另一邊底下的東西挖出來。她意識到我的意圖，試著想爬出來。我費了一番工夫，搞得自己再次滿身大汗，她總算爬了出來，成功脫困。

她坐在我對面氣喘吁吁，看她喘得那麼用力……我猜她已經習慣這股惡臭了。

「謝謝妳。」

我聳聳肩，有人在我身旁真是太好了，就算是她也沒關係。

「我拿點喝的和吃的給妳吧。」她站起身，若無其事地往廚房走去，完全無視堆積如山的……我環顧四周，有書本、雜誌、瓶子、衣服，還有一個滿是軟木塞的牛奶箱和一個放著洋娃娃的塑膠盆。

我跟上她的腳步。我沒細看，但我想我跨過的是一個髒兮兮的玩具，和一堆裝有液體的瓶子。

至於廚房嘛……要不是格局跟我們家一樣，我肯定認不出這是間廚房。她東翻西找，拿出一個舊罐頭。

「找到了，來塊餅乾吧。」

上面全是病菌，吃了還得了。

「呃，如果妳沒事，那我就先走了。」我走回報紙堆起來的斜坡，我就是從那裡滑進來的。

「想都別想！」

我看著她，準備拔腿就跑。

「別從窗戶出去，」她比了比走廊，「妳可以走正門。」

我隨她經過走廊，肩膀硬擠過兩側堆積的東西，她則必須側著身才走得過去。

一跨出前門，我如獲新生，深深吸了一口氣。

她打開門廊燈，真沒想到她家門廊看起來這麼正常，跟昨天一樣有兩張扶手椅，一個充當茶几的小櫃子，上面擺了一組馬克杯，一點也不像家裡那麼凌亂。

她示意我坐下，自己緩過氣來。

「剛才好險，要是妳沒聽見我求救，不知道我會變成什麼樣子？」

我坐下來，目光無處安放，想問她家裡的狀況又不知從何開口。

「妳……妳家都是那個樣子嗎？」

她凝視我，我則看著她的手。她重新排列桌上的杯子。「不是，我以前也愛乾淨，不管妳信不信，我會把家裡打理得井然有序。」

我可不會用**井然有序**來形容這個地方。

話說回來，那一疊疊的書和盒子是堆得挺好的，只是經年累月下來就成山了。我望向她的臉，今天看起來沒那麼苛刻了。我嚥下口水，接下來的問題肯定很冒昧。

「那怎麼會……？」我比了比房子。

她聳聳肩。「怎麼會變成這樣？不知不覺吧，一轉眼就成這樣了，跟潮汐一樣無可避免。」她揉揉手上的斑，「也變不回去了。」

我想起妳走後，為了填滿空間，我四處去蒐集東西放在門廊上。

「我很笨吧，堆了這麼多東西。」她低頭看著小腿上的瘀青，小腿青筋滿布。「就算危險我也不能丟，新的當然也得留，就算要丟，這麼多東西，我該從哪開始？」她搖搖頭，吸吸鼻子，神情一變，又是那個熟悉的晚娘面孔。「真不知道我幹嘛跟妳說這些，妳多大了，九歲？」

這話我可吞不下去。「十歲。」我說，「十歲半，我剛才把妳從書櫃底下拉出來，免得妳被老鼠活生生咬死。」我咬牙切齒地說。

史林特開始拍打側邊小門。

我站起身。「不客氣。」

「萊緹。」晚娘面孔不見了，換上一副幾乎可以說是和藹的表情。

「什麼？」

「我叫萊緹，剛才謝謝妳。」

「喔。」我吞了口口水，「我叫蕾伊，不用客氣。」我半面對著她，尷尬的雙手無處安放。史林特汪汪大叫。「我得回家了。」

「當然。」她點頭，目送我離開門廊。

第三十二天

星期三

我洗了個熱騰騰的澡，洗到水變冷。妳的沐浴乳一滴也不剩，一整晚卻還是聞得到萊緹家的味道，彷彿沾在了鼻腔裡，一覺醒來也沒散去。也許味道不是在我的鼻子裡，而是留在我的腦海中。

真可怕，居然有人可以活在那麼骯髒惡臭的環境底下。相比之下，我家好多了。

我靠過去把臉埋進史林特毛茸茸的背上。牠抬頭頂我，我收到暗示，翻身離開沙發。

廚房昏暗不明，流理臺上有昨晚吃火腿和起司三明治掉落的殘渣。史林特的乾糧滾到垃圾桶附近。我聞了一下，得清一清垃圾桶了。現在是早上八點三十五分。我擦椅子，掃地，穿制服，趕史林特去外面尿尿。不去看外面草長多高，畢竟我現在沒打算除草。

我拿了根香蕉當早餐，等史林特尿完後，我鎖上後門，走到前門，瓦斯帳單躺在桌上，一旁還有我拿來練習簽名的紙張。我拿起瓦斯帳單，信封是粉色的，我知道這意味著什麼。內心的老鼠又咬了我一口，我把帳單丟回桌上，等放學後再來處理吧。

今天過得還算不錯，沒引來不必要的關注，數學小考也表現得很好，回家時沒碰到那個叫奧斯卡的煩人小鬼。我開始整理廚房。家裡太過沉悶，妳在的時候會聽聽音樂或開電視，煮晚餐時妳也在說話，我會聽妳聊起跟別人的爭執；妳不說話的時候我也不得安寧，不是長吁短嘆就是敲敲打打，或是在經過我身旁時搔搔我的耳朵。妳到處走動，身邊總是有妳的聲音。如果不是家裡這麼安靜，我可以假裝妳就在隔壁房間。

我把桶子放進水槽，望著熱水混入清潔劑冒出許多泡泡，帶有檸檬味的熱氣包圍我的臉，臉頰上的頭髮蜷縮起來。我倒了一些肥皂水到地板磁磚上，加了點刺鼻的漂白劑進去。我慢慢刷起地板，專注地刷洗那一條條深色的磁磚縫隙，不去注意那些被我抹掉的腳印。

洗衣房裡的洗衣機轟隆隆地運轉，我抱著妳的筆電坐在桌前，拿出妳的日記本，妳在本子後面有記下所有需要的密碼。我一個小孩子都知道不要笨到把密碼寫下來，不過，至少現在派上用場了。要找妳的密碼不難，我常看妳翻找日記本，自然知道用途。

銀使：銀行帳號使用者名稱

銀密：銀行帳號密碼

我登錄進去，妳甚至把登錄頁面設成最愛。我繳掉瓦斯費，金額下降。我一一瀏覽數字，幾個星期前有一筆大支出，一旁標示著「房租」以及「自動轉帳」，我再次感謝妳容易忘東忘西的個性。我看著餘額計算了一下，以上個月的開銷來看，剩下的錢大概夠我過一個月，再瞄一下瓦斯費總額，老天保佑。我盯著游標，現在管不了那麼多，只能船到橋頭自然直了。我關上電腦，繼續打掃屋子。

浴室閃閃發光，吸塵器讓屋子變得暖和，我的心也感覺踏實多了。我把史林特趕出妳的房間，拉上窗簾，調弱暖氣，關上所有的門，讓暖氣只供客廳使用。史林特討厭暖氣，牠趴在門邊喘氣，一臉厭世。考慮到銀行存款，我關掉暖氣，多穿上一件毛衣。

天黑了，我穿上妳的外套，牽著史林特出門，一起經過老太婆萊緹的家。

她朝我點點頭。

我也點頭致意。

史林特和我只走燈火通明的馬路，有汽車和公車經過，沒有烏漆抹黑的停車場、樹林、單車道，或是別人家的前院。史林特就算不喜歡也沒表現出來，牠只要走在我身邊、和我在一起就開心了。想到這，我不禁有些感傷，隨即強打精神，至少，牠有我在就夠了。

回家路上經過萊緹家，她叫住我。「妳最好去看一下妳家信箱。」

我看了，有本書，我瞇起眼藉著路燈細看。是奧斯卡．王爾德的書。我回頭張望，路上沒人。

「是住前面那個男孩子放的。」

我點點頭，想也知道。

「他喜歡上妳啦？」

聽了就不爽。「才不是，他是沒朋友。」

她大笑，惹得我更火大了。

「就跟妳一樣！」我故意大聲說給她聽，不等她回應就關上大門。

家裡今晚舒服多了，還有吸塵器的餘溫和溫熱的味道，讓我聯想到星期天下午。為了留住浴室清潔劑的芳香，我把門關著。我可以假裝妳人在裡面，真的。我把書丟到沙發上，自己走進廚房。

今天的吐司除了起司，還多加了番茄。我最好趕快去趟超市，家裡沒蔬菜水果了。吃過晚餐，我仔細把廚房擦乾淨，洗完所有碗盤，關掉水龍頭的那一刻，屋子又陷入死寂，寒意從窗簾透進來。

我坐在沙發上，史林特沉重的頭靠在我腿上，新聞播報更多噩耗。我的屁股坐到某樣東西，是書。我拿起來，是童話書嗎？

讀讀看吧。

第三十三天

星期四

刺人的沙發布摩擦著我的臉頰，地上的史林特趴在我的枕頭上打呼。我腦袋清醒，身體卻動彈不得，試著扭一下腳趾，沒有反應。我閉上眼，身體沉重，腦袋昏昏沉沉。起床吧。我心想，但我並不真的想起床，畢竟，起床後**要幹嘛呢**？

光線變了，迷迷糊糊中，我想著得準備去上學才行。不去學校就慘了，**後果**難以想像。我的腦袋圍繞著這個字眼打轉，這是妳最喜歡的語詞之一。我得動起來才行，但我真的好想睡。

我突然意識到：有線上請假系統呀。我閉著眼睛思索，要騙過學校不難，學校系統可以自動登錄，我看妳使用過。

身體神奇地動了，我起身走到廚房，登錄學校的入口網頁。

我勾選病假，沒有跳出任何警示，請假完畢，完全合法。

我把妳的手機放回長椅上。

地板好冰，我的腳趾好痛，廚房時鐘滴滴答答地響。我有一天的假了。

我坐在沙發上，重新閱讀奧斯卡的童話書。

讀起來沒想像中簡單。每個字我都認識，但組合在一起就超出我的理解範圍。這一次，我搬出家裡那本藍色大字典，放在我身旁的坐墊上方便查閱。我跳過比較枯燥的段落，但我喜歡這本書的氛圍，有點傷感，卻不會讓人太過難過，猶如一幅色彩沉穩而黯淡的畫作。

讀到一半，我餓了，但家裡沒有食物，只有一些不新鮮的吐司邊和奶油。我把吐司烤來吃，吐司屑掉滿椅子。我開始列清單。

該去超市購物了，總不能老依靠轉角那家加油站商店。我從櫃子裡拿出綠色袋子，史林特興奮地打轉，牠知道我要準備出門了。我搔搔牠的耳朵，彎腰湊近牠的臉，灑了一把乾糧到地板上，在牠開心地撲出去時，我闔上門，把牠關在裡面。我不想這麼做，但我不打算帶牠一起去。我不想把牠綁在超市外面——上次我留牠在外面，一走出來，一個酒醉的男人正衝著牠的臉吞雲吐霧，我相信他甚至想要解開牠的牽繩。

牠是我僅有的一切，牠必須留在家。

我都忘了超市有賣這麼多東西。

我按照清單繞了幾圈，把東西扔進有點滿的購物車。沒人理我，我擋到路也沒人一臉不悅。萬一引來側目，我會把車推到另一個大人身邊，和他們看向相同的商品，讓別人誤以為我是他們家的孩子，然後走掉，身旁的大人也會當作我是跟其他人一起。超市裡的孩子很惹人厭，人們只會擔心家外面的孩子。

紅蘿蔔、番茄、嫩菠菜、蘑菇、雞蛋、起司、優格、香蕉、蘋果、橘子、狗糧、線香、蚊香、精油、麵包、奶油、火腿、尤加利精油噴霧、漂白水、牛奶、穀片、衛生紙、麵條。我都挑有打折的，但精油實在好貴。

我買了一些湯罐頭，一些微波千層麵。我用妳手機裡的計算機算了一下，一共九十八點零四美元。望著滿滿的購物車，想我可以用這些撐很久。我走過陳列巧克力商品的通道，來到自助結帳區。Kit Kat巧克力在特價，家庭包賣一點九五美元。妳不吃雀巢食品，妳說這家企業害死紅毛猩猩，而其他品牌的巧克力小小一條就很貴。

我在自助結帳區結完帳，一共九十九點九九美元。

刷妳的卡。

我費盡千辛萬苦把袋子拖回家。實在太重了，尤其是牛奶和漂白水，每走幾步就得停下來換姿勢。用兩手提，袋子提把會陷入手指，而且袋子一直撞上我的腿；掛在手肘上，手臂會痛，手指會麻。肚子裡的吐司早不知消化到哪去了。

走到家門前時，我已經汗流浹背。

我注意到隔壁似乎有動靜。

是萊緹。

「怎麼沒去上學？」

我好熱，心情很糟，肚子又餓，只想趕快回家用新鮮的番茄和火腿做個三明治吃。這次我不用去聞食材有沒有壞掉。她以為自己是誰？警察？

我覷了她一眼。「妳怎麼沒去上班？」

她立刻回以一個眼色。「妳媽知道妳翹課嗎？」

幹！我在心中大吼，沒有笨到說出口。我下巴肌肉抽搐，用不著她來對我說教。我怒瞪她。「社會局知道妳住在垃圾堆裡嗎？」

她瞪回來。「沒家教的小鬼。」

我氣呼呼地扛著袋子走進柵欄門，「咚咚咚」地步上門廊，看也不看她一眼。我抬起手臂，插入鑰匙，袋子「砰砰」撞上大門；其中一個袋子破了，裡頭裝有雞蛋。我閉上眼睛默數：一、二、三、四、五、六、七、八——

「原來最近的小孩子翹課是為了去買東西？」

她趴到側邊籬笆上。

我狠狠瞪她，想像自己朝她丟雞蛋。

她微微一笑，整個人的感覺跟著變了，變得平易近人。我眼眶一濕，眨眨眼，努力保持眼神犀利。

溫熱濕滑的東西流下我的鼻子，我彎下腰，一股腦把破袋子裡的東西往另一個袋子塞。

「那個——」她語帶溫柔。

我沒心情聽她說話，把破雞蛋留在腳踏墊上，拖著袋子進屋去。

一腳把身後的門給踢上。

第三十四天

星期五

連請兩天病假會引起懷疑。我打包好一頓豐盛的午餐：塞滿菠菜、起司和番茄的三明治，新鮮水果，以及用可回收容器盛裝並附帶湯匙的優格。我是個乖孩子，頭髮乾淨滑順，鞋子光亮，口氣清新。我坐在餐桌前收拾腳邊的背包，史林特的頭靠在我的大腿上。時鐘顯示八點四十五分，當秒針走到12，我站起身，輕輕將史林特推往後門，牠立刻明白我的用意。一直把牠關在家裡太可憐了，而且我需要牠去追那些半夜闖進來騷擾我的小東西，我不想再睡到一半被驚醒了，不想再做那些充滿獠牙的惡夢，我要把牠們趕出去。我添滿狗狗碗裡的水，關上後門。走到學校要三百四十二步，加上等過馬路的時間，我可以在八點五十分到校。我一腳跨出家門，差點踩到某樣東西，趕緊避開腳踏墊，就這樣一腳留在門內，另一腳跨過腳踏墊踩在門廊上。破雞蛋不見了，取而代之的是一個綠色袋子。

我湊上前去看，裡頭有一個蛋盒。

我看向萊緹家，門廊上沒有人。

我取出袋裡的蛋盒，嗅了嗅，我還記得她家裡那一大堆蛋盒。聞起來沒問題，我檢查盒上的日期：有效期限還有兩個星期。

我輕輕將蛋盒放回綠色袋子中，再次望向她家空蕩蕩的門廊。總不能帶蛋去上學吧，我把蛋放進門內，無聲關上門後，朝學校出發。

天曉得她這麼做是什麼意思！

上學真好。今天有美術課，美術老師請病假，但范姆老師說錯過這堂課就可惜了。她帶全班同學到美術教室，搬出所有顏料和刷子。*隨便你們要畫什麼就畫什麼，只要能讓心情愉快都好。*她說。

我用了大量的黃色、橘色和褐色。中間明亮而溫暖，四周則是一片黑。我把坐在沙發上閱讀奧斯卡那本書的心情畫下來。史林特坐在我身旁，開著無聲的電視，檯燈照亮房間，譜出溫暖的顏色。

「真不錯，蕾伊，這幅畫叫什麼？」

我盯著畫中央。「幻象。」

放學路上，我刻意邁大步伐，走了一百二十三步回到家門口。

我一直盯著自己的腳，以至於當他的聲音突然冒出來時，我一時措手不及。

「妳在扮誰？」

我看著他的臉。「沒有。」

「我覺得妳好像在演一個自私的巨人之類的。」

「我不是六歲小孩，我不演童話故事。」

他笑開了，一點也不覺得我討人厭。「妳讀過了，對吧？」

「對，我讀了。」

「覺得怎樣？」

我聳聳肩。「還好。」

「妳最喜歡哪一個故事？」

「我不知道。」

「少來，一定有一篇是妳最喜歡的。」

是沒錯，但我不打算告訴他。我只說了還好，他看起來就這麼開心，要是再繼續跟他說話，他會以為我們在聊天。

我丟下他，走進柵欄門。

「妳一定有想法，每個人都有想法。」每個人都有想法——我恍惚間聽見妳在模仿他的口吻說話，想讓我取笑他，瞧不起他。

我看著他的臉，他的眼睛讓我聯想到史林特。他雀躍地等待著。

我轉身查看信箱。「有點神的寓意在裡面。」

他深吸一口氣，我可以感覺得到他在我背後非常興奮，準備大開話匣子。他該不會也是那種會被人拒於門外的基督教徒吧？所以他才給我書？想到這，我的心情都不好了，我搶先一步開口：「看了就不舒服，他不是在描述故事，他是在對我說教。」

奧斯卡靜默了。我瞄了他一眼，他在皺眉。「我從沒這樣想過。」

「除此之外，我還滿喜歡的。」不知為何我不想看到他皺眉。我甩掉這個念頭，他不是史林特，只是個煩人的小鬼，站在我家院子裡，離大門太近了。

「再見。」我轉身要走。

「妳看完了嗎？」

「是。」我沒回頭。

「那我可以拿回來嗎？」

我打住腳步。「喔，好呀，我會放進你家信箱。」我插入鑰匙。

「我就在這裡，現在給我就好了。」

我轉動鑰匙。我為什麼不一大早就把書扔他家信箱？我感覺到背後的他興奮地又蹦又跳。

「好，我去拿。」我一腳踏進門，差點被雞蛋絆倒。我拿起蛋，迅速聞了一下家裡的味道。我轉身正要告訴他在門外等時，他後腳跟著我進屋了。

「你幹嘛！」

「什麼？」

我該怎麼回答？這是正常的嗎？大家都會這樣做嗎？一般小孩子放學會溜進別人家裡嗎？反正也來不及了，他在沙發上坐下來了。

「你自便吧！」我模仿妳酸人的口吻，但他渾然不覺。

「謝謝。」他開心地說。

我把書遞給他。他收下書，仍坐著不動。

「好，你可以走了。」

他東張西望。「我家跟妳家幾乎一模一樣耶！只是我家廚房在另一邊，另一個房間在前面。」

我聳聳肩，等著送客。

「為什麼擺這麼多擴香機？」我盡可能不動聲色，聳聳肩。「該不會是因為那個……」他用下巴比了比後院。

我全身血液彷彿被抽乾，身體沉重到快壓垮雙腳。我努力維持呼吸，掙扎著說話：「什麼？」

「妳知道的……」他又示意了一次，「她啊？」

我張口結舌，勉強擠出幾個字：「你知道她？」

「所有人都知道。」

雜訊充斥我的大腦，我試圖集中精神。

「什麼？」我的聲音細如蚊蚋。我緊抓著椅背撐住自己。

奧斯卡不解地看著我。「妳還好嗎？」

「我很好。」聲音迴盪在我的腦海中。很好好好好好好。

「為了蓋過味道對吧？她是有名的囤積狂。」

萊緹。我如釋重負到快吐了。「是的，是萊緹家的味道。」耳朵彷彿被塞住般，一說話，聲音在我腦中轟然作響。

他點點頭，站起身。「我就知道。」

我走到前門準備送客，但他沒有跟在後面。我轉身找人，他站在廚房盯著後院看。我內心一沉，頭疼地看著他把臉貼近窗戶往外看。史林特撲過來，爪子拍打奧斯卡貼在窗戶後的頭。他往後一跳，哈哈大笑。

「妳的狗叫什麼名字？我可以見見牠嗎？」

我想起要呼吸。「史林特。不可以。」

「為什麼不行？」

血液回流到我的手指，又麻又熱。我把手塞進腋下。「我得寫作業，我媽就快回家了。」我的聲音彷彿從遙遠的地方傳來。

「幾分鐘就好，拜託嘛！」

他趴在後門上，我絞盡腦汁尋找藉口。牠不親近人？史林特在舔玻璃，傻乎乎地吊著舌頭。奧斯卡的臉往窗格貼得更近了。

我血脈賁張，腋下和上唇都冒汗了。我實在好想把他直接扔出大門，但我的腳動彈不得。內心的老鼠回來了，啃咬著我的五臟六腑。奧斯卡轉動門把，史林特在門外大叫。老鼠咬咬咬。「妳家後院有點亂耶，沒有割草機嗎？」

我無法思考，我得把他弄走。

「不如你跟我一起帶他去散步吧！」

就這樣，我們用牽繩拉著史林特一起站到了門外。萊緹在她家門廊朝我曖昧一笑。我視而不見，但奧斯卡死盯著她看。

「那棟房子會養出很多老鼠。」

「什麼？」

「我們剛搬來的時候，我媽覺得要對一個獨居老人好一點，所以送蔬菜來過一次。」很像某人會說的話。「門開的時候，我媽說裡面真的很臭，而且……」他瞄了一眼，「她很沒禮貌。」

每個人都知道萊緹家很臭。我緊繃的左肩放鬆了點。「是啊，」我輕聲附和，「很刺鼻。」我想起前門台階上的雞蛋。「但她人還不錯。」

「她危害到大眾健康。」某人的聲音又冒出來。「真的好臭喔！在妳家都聞得到，愈靠近後門愈臭。奇怪，她家前面沒這麼臭，這麼說是後面囉。」他朝我們兩家中間探頭探腦，想瞧個仔細。「可能是後面那些辦公大樓把味道鎖在這裡了。」

「我都聽到囉！」萊緹宛如一隻瞄準肥美兔子的老鷹眼觀四方。

奧斯卡置若罔聞，但我看見他的臉頰泛紅，似笑非笑。

萊緹迎視我的目光，對我眨了個眼。我點頭致意。她看向奧斯卡，對我說：「妳要拿他怎麼辦啊？」

好問題。史林特推著他走，而牽繩握在我的手中，牠知道我要帶牠出去散步了。我沒有回答萊緹的問題，任由史林特拉著我走。從奧斯卡的側臉，我知道他在說話，但又聽得不清不楚，他回頭看向萊緹。我跟在他後面，暗忖該如何擺脫掉他。他自顧自地說話，滔滔不絕。我暗自嘆氣，至少兩個小孩一起走不會引來側目。

我們來到狗狗公園。史林特最愛來這裡了，但自從星期一碰到那個男人，我們再也沒來過。我們沿著鐵絲網走，我不用說話，奧斯卡那張嘴基本上沒停過。他談到家庭和老師，談到最近看的影片和書籍，就是沒提到朋友。想也知道。

反正不關我的事。

沒人可以聊天對他來說一定很痛苦。他現在說到園藝了，他有一個自己設計的後院。「我爸媽當然也有幫忙，但是我自己設計的唷，妳應該來看看。」

我才不想看他的花園，我陪他出來走只是為了不讓他看到——

「妳要的話，我可以幫妳整理後院喔！我沒有惡意，但妳家後院也太亂了。妳家有一個很棒的舊倉庫，還有一面漂亮的磚牆，很適合爬藤植物。只要搭個架子——」

我跌了一跤。

「蕾伊，怎麼了？」

「沒事，我撞到腳趾了。」

他看向小路。「沒東西啊。」

「我先走囉？再見。」我吹了聲口哨呼喚史林特，頭也不回地往前跑，丟下獨自站在公園旁的奧斯卡。

果不其然，萊緹正坐在她家門廊上。我跟著史林特跑過去時，我以為她一定又要調侃我，結果她只是揮了揮手。我衝進家門，及時趴到水槽旁嘔吐。

我滿身大汗，下巴疼痛，我該不會生病了吧。

我想不是，是我不該讓他進來。

我專注呼吸，吸氣，數到五，呼氣，數到五，就像在學校做的冥想練習一樣，我們以前也常這麼做，頂著大太陽，坐在草地上，吸——二、三、四、五，吐——二、三、四、五。我感覺到妳握著我的手，看得到妳雙手握拳，妳的腳離開地板。我搖搖頭，盯著廚房地板。*專注在妳能做的事。*我專注想著自己做過的事。家裡一塵不染，門廊井然有序。

我抬起頭看向後院。他說得對，院子亂得跟萊緹家一樣，跟這棟房子格格不入。

我吸吸鼻子，滴了些尤加利精油到抹布上，摺好放在水槽邊。我受夠了臭味和死亡。我瞄了眼廚房長椅上的雞蛋。

我不是她。

我得整理好後院才行。

第三十五天

星期六

我跨過史林特，牠睜開一隻眼睛。天還沒亮，但黑夜已到盡頭。我站在浴室裡，頭頂上是加熱燈。我盯著鏡子裡的自己，黑眼圈跟下弦月有得比了，看起來跟妳好像。我關燈走向廚房。

史林特聞到吐司的香味跑出來，牠舔舔我的腳趾，朝我動動眉頭。我拿出吐司邊給牠，牠輕輕從我手指上咬了過去，大口咬著吞入肚子，意猶未盡地嘖著嘴，開心地用尾巴畫圈。他從不左右搖尾巴，妳總打趣地說，牠是太懶了，連搖個尾巴都不正經。但我看得笑呵呵，牠的尾巴好像直升機。要是我逗得牠夠開心，牠說不定會飛起來。

我望向後院，那座睡美人的花園，倉庫四周的雜草長得更高了，我要是再不採取行動，很快我連鐵皮工具間的門都打不開。我點燃更多蚊香，煙味害史林特不停地打噴嚏。我把線香插進瓶子推到門外，關上門，自己跑到前門廊坐著。史林特吐了口氣，靠在我身邊。

我偷來的植栽吊盆已經枯了，我忘了替它澆水。我看向院子，好幾個星期沒下雨，植物都凋零了，需要澆水除草。植物必須精心照料才能長得好，尤其是冬天。我看向一旁的椅子，坐墊灰塵滿布。我整理完都還不到一個星期就被打回原樣，維持一個謊言終究是一件很累人的事。

不管怎樣，還是先澆水吧。

星期六，我洗好衣服，整理過前院也澆完水。

以前一到星期六就很開心，有時候啦。有幾個晚上，妳會換好衣服，穿上不合宜的鞋子，兩人一起走到庫柏區，妳踩著鞋跟快斷的高跟鞋，笑著帶我跑過納皮街，來到巷內一家披薩店。冬天時，我們總是挑選二樓最靠近火爐的雅座，兩人一起吃披薩，妳會喝杯雞尾酒。

那些不算好玩的夜晚我也喜歡。家裡只有我和史林特。我會先用電話訂披薩，如果是脖子有刺青的拉法值班，他會讓我帶著史林特進去結帳。不管是外帶還是內用，我們每個星期都是點同樣的口味：額外加了橄欖和臘腸的瑪格麗特披薩。

我好一陣子沒吃披薩了。輪到我管錢之後，每個星期六去吃披薩這件事就沒那麼歡樂了，那些我們常做的事也讓我感到興趣缺缺。

但既然今天是星期六，家裡也都打掃乾淨了，我想去吃點別人做的食物，畢竟，我連續三十四個晚上都吃同樣的兩種東西。

「來吧，史林特，我們去買披薩。」

當我從門外探頭進去，拉法的笑容舒緩了我的緊張。

「哈囉，小朋友！好久不見，我差點以為妳改吃別家的披薩了。」

我微微一笑。

「妳今天沒先打電話喔，老樣子？」

我點點頭。

「好的，蕾伊的兩份披薩馬上來！」

「啊，只要瑪格麗特……」

「什麼？只要一份？」他瞄了一眼門外，「妳親愛的媽媽呢？」

「她……呃……不太舒服。」我沒說謊。

他歪著頭。「真的嗎？」

我感到口乾舌燥。「什麼？」

「真的是不舒服嗎？」他盯著我瞧，挑起的單眉像隻肥肥的毛毛蟲。「不是因為她跑去吃其他男人做的披薩？」他苦著一張臉，「要是那樣我這顆心臟可會受不了。」

我哈哈大笑，笑得有些刻意。「不是啦，她是要點——」我隨便從菜單上挑了一種口味。「她這次要點火山披薩。」

「真的？」他詫異地問。

我點點頭。

「好吧。」

這下連明天的午餐都有著落了。我坐在門邊椅凳上，好離史林特近一點。拉法結束手頭工作，朝我走來。

「妳的狗狗呢？」他環顧四周，對我眨眨眼。「現在只有妳跟我，賈絲在廚房。」他搓搓手。「放牠進來走一走吧。」他抬高聲音對著廚房喊，「妳不會說溜嘴吧，賈絲？」

一個女人從隔間探出頭。「我什麼也沒看見，什麼也沒發生。」

拉法笑著打開門。「來吧，夥伴。」

史林特喜出望外，連滾帶爬撲向那雙帶有披薩香味的雙手。拉法搓搓牠的耳朵，用力抱住牠。

「史林特你這隻大狗狗，我們都好想你啊！」

「怎麼這麼吵啊？」賈絲走出廚房，「不知道的人還以為有狗跑進店裡勒。」她彎腰搔搔史林特耳後，笑吟吟地看著我。我報以一笑，笑容有些僵硬。這兩個髮型酷炫、紋有刺青的大人把我當自己人一樣說話。

「妳最近過得好嗎？」她問，似乎真的關心我。

我點點頭，一時語塞。大家都會怎麼說——實話嗎？她真的想知道？說謊會不會太失禮？

拉法也說話了。「妳們出遠門了嗎？好久沒看到妳們，我們都以為妳們搬家了。」

我搖搖頭，笑得臉都快僵了，彷彿有人往後用力拉我的頭髮。他們為什麼一直跟我說話？我的身體像是忘了如何站立，手也快伸不直了。

「妳不怎麼說話？」他笑容滿面地直視我的眼睛。

我顫抖著嘴唇。

「沒關係，我在妳這個年紀也很害羞。」賈絲遞給我一罐檸檬水，對我眨眨眼，「個性好就好。」

我打開瓶蓋，插入吸管。

他們讓我待在有暖爐的明亮大廳，送來剛出爐的披薩，兩份披薩只收我一份的錢。

我揮揮手，一手拿著披薩盒，一手拉著史林特出門。

門外好冷，巷道內冷風颼颼，吹得我的眼睛泛淚。

我佇立在門外台階上良久，史林特坐在我的腳上。就像無數個星期六夜晚，我打開門廊和家裡的燈。

但今晚不是那些夜晚。

「披薩之夜啊？」黑暗中冷不防傳來隔壁鄰居的聲音。

我看著手中兩個盒子。「我替妳買了一份。」我不假思索脫口而出，我不想再一個人吃飯了。我望向她。

「什麼？」

我聳聳肩。「謝謝妳送的雞蛋。」

她不耐煩地揮手拒絕了我的好意。

「喔……」我比自己想像中還要來得失望，轉身準備進屋。

「拜託，」她聲音嘶啞，像是一整天沒說多少話。她清清嗓子。「我只是客套一下，帶著披薩和那隻大狗過來吧。」

趁她沒反悔，或我自己還沒打退堂鼓前，我急忙跑到她家門廊。我彆扭地杵在那裡，極力不去看大門。進去一次就夠了，我可不想再來第二次。

她指著椅子。「隨便坐吧，蕾伊。」

她從椅子後拿出一瓶無酒精的薑汁啤酒。「妳請我吃披薩，我好歹得回請個飲料。」

我接過薑汁啤酒，坐下來，遞出披薩。她歪著頭，彷彿突然想到一件事。

「妳媽不介意？妳不是該回家了嗎？」

我打開自己大腿上的盒子。「沒關係，她出門了。」史林特舒服地安坐在兩張椅子之間準備接收披薩皮大快朵頤。

萊緹犀利地看了我一眼，歪著頭，但沒有再追問。

「好吧，披薩吃下肚就看不見了。」她打開盒子聞了聞。「辣椒？」

我點點頭。

她嘖嘖稱讚。「好極了。」

萊緹埋頭吃了起來，沒再出聲，這樣也好，安安靜靜地很舒服。我喝了一口薑汁啤酒，舌尖嘗到一種嗆辣的甜味，同時，隨著一股冰涼滑過喉嚨，我輕輕打了個哆嗦，收攏穿在身上的妳的外套。袖子都沾到披薩了，因為捲不太起來，每次伸手去拿披薩，袖子就會碰到起司。但我不像以前一樣覺得討厭。

「妳跟隔壁那個小男生變朋友啦？」她隨口一問，聽得出來她不喜歡他。

我聳聳肩。「還好啦。」

「妳見過他媽媽？」

「沒有。」

她咕噥一聲，咬了幾口起司。「那女人是管家婆。」她的眼神再度變得像喜鵲一樣犀利。「老愛管別人的閒事。」

我點點頭，想起奧斯卡提到萊緹的話。

萊緹的眼睛在門廊燈的照射下閃閃發光，看起來更像貓頭鷹，而不是喜鵲。難怪她有辦法生活在一片漆黑的家裡。

「他有跟妳提到我嗎？」她傾身打量我的臉。

奧斯卡不是我的朋友，萊緹就不好說了。但我坐在她家門廊上吃披薩，史林特的頭靠在她的腳上。跟人打交道久了，我也知道打小報告不會有好結果。萊緹眼神銳利地盯著我，逼近我。「一定有，對吧？」

我默不作聲。

她坐了回去，點點頭。「我就知道。」她把披薩皮扔回盒子，史林特聽到聲音抬起頭，豎直耳朵。她把披薩皮拿給史林特，史林特舌頭一伸，捲走她手中的食物，吃完後不停地舔她的手指。但她絲毫沒有察覺，視線落在街道另一頭，又恢復到以往那張晚娘面孔。

「他是不是又在亂說我家會危害健康之類的？」她盯著我。

她那張山羊臉的晚娘面孔立刻讓我再度感受到今晚的寒冷，裹著妳的外套坐在這裡，布料擠壓著我有點不舒服。今天是星期六，扣掉那一天不算，已經是第四個星期六了。

「有沒有？」

「我不知道。」是時候走人了。我蓋上披薩盒，感覺得到她的視線仍在我身上。史林特把頭靠在我的大腿上，我搔搔牠的耳朵。

「要不要來杯熱的？」尖酸的口吻消失了，我瞄了一眼她的臉，她單眉一挑。「如何？我幫妳泡杯熱巧克力，開始變冷了。」

我怎麼敢去她家喝牛奶。我轉頭看向前窗，窗內一片漆黑，一般人家入夜後都不像她家這樣烏漆抹黑，彷彿一棟用巨型木頭積木堆積起來的房子，再用黑色畫出窗戶，只不過，裡頭的味道可不是木頭香。

「安啦，我不會要妳進去。」她傾身移走桌上的披薩盒，那張桌子其實是個置物櫃，她拿出一個熱水壺和一罐即溶巧克力粉的塑膠罐。

「去，」她把水壺塞給我，「去旁邊裝水。」

我站起身時看了一眼櫃內，裡頭井然有序。一塊折疊得四四方方的白綠相間茶巾，四個疊在一起的乾淨杯子，一個插了幾支閃閃發亮小湯匙的玻璃杯，三個裝滿茶包的玻璃罐，一個裝有奶油球的小碗。那種撕掉蓋子就可以用的奶油球在候診室也有，一旁會有咖啡和茶，每當我要去拿，妳就會拍掉我的手。

我納悶有多少人會來萊緹家喝熱巧克力，我自己是一個也沒看過。我裝好水回來後，她把熱水壺插頭插進椅子後方的插座。在我的注視下，她用湯匙舀起巧克力粉往馬克杯裡倒。

「一般是兩匙，但我覺得三匙比較好喝。」

我們一起等待水滾。

熱巧克力很好喝。馬克杯有點燙手，我只能一手握著把手，另一手扶住杯緣，暖和十指，並把臉湊近巧克力的熱氣。

萊緹咕嚕喝了一大口，嘆息著倒坐回椅上。

難不成她每晚都坐在這裡？

我們一言不發地喝完各自的飲料，我把喝完的杯子輕輕放回萊緹身旁的櫃子上。她拿起杯子，消失在屋旁，接著，我聽見水龍頭流出水的聲音。她回來之後，用白綠相間的茶巾仔細擦拭每個杯子，疊好，重新摺好茶巾，放在空水壺旁，蓋上櫃子。

她一手撫過櫃子。「好了，乾乾淨淨。」

我站起身，拿起地上的空披薩盒。

「我也該回家了。」

萊緹點點頭。「當然、當然。」

我吹了聲口哨呼喚史林特，轉頭朝柵欄門走去，她冷不防開口。

「妳媽這週末是不是不在家？」

被披薩和巧克力安撫下來的老鼠又甦醒過來，用爪子猛抓我的胸口。我嚥下口水。

萊緹基本上跟住在門廊上沒兩樣，何不讓她知道真相呢？人一旦以為自己什麼都知道，就不會追問到底。我清清喉嚨。「是啊。」我看著她。

她點點頭。「有什麼需要就跟我說一聲。」

「好的。」她家比我家還亂，很難說她能幫得上什麼忙。「謝謝。」

第三十六天

星期日

我在一片寂靜中醒來。

奧斯卡在街道上閒晃，我視而不見。我從書櫃裡拿出《實習女巫和小小自由人》[1]重溫。

家裡安安靜靜。

真好。

幾乎可以這麼說。

1. 《實習女巫和小小自由人》（*the Wee Free Men*）：英國作家泰瑞・普萊契創作的奇幻小說，描述一個年輕女巫手拿平底鍋，攜手一群小小自由人捍衛家園對抗怪物的故事。

第三十七天

星期一

老師去參加研習，今天只上半天課，中午就放學了。

我回到家時，萊緹正站在門廊上對某人嚷嚷，聲音高亢尖銳，史林特在小門後叫個不停。我躲進屋內，她的聲音不絕於耳。

聽不清楚她在說什麼，如影隨形的聲音壓迫著我的胸口，內心的老鼠啃噬我的胃。我放史林特進屋，他在我腳邊東鑽西竄，差點沒把我撞倒。我摸摸牠的背，敲敲牠的眉心安撫牠，但牠動來動去，始終沒辦法靜下來。

是她的聲音。那聲音宛如暴風雨天的妳，一路從萊緹家門廊飄入我的耳裡，妳彷彿不在這裡又彷彿無所不在。這聲音也飄進妳的耳裡了嗎？我想起那些陰影，妳的耳朵還在嗎？我下課吃的優格湧上喉嚨，我退離後門，回到前廳，我不能繼續想下去，不可以。我設法釐清萊緹聲音裡的每一個字，沉澱思緒，不讓自己胡思亂想。

我溜進妳的房間，透過窗簾縫隙往外看。窗簾聞起來有很重的濕氣味，不像妳。我不是為妳而來的。我把臉貼在玻璃窗上，想看清楚萊緹家門廊。

視線被遮去大半，但我看到一個女人，她穿著俐落的開襟衫，袖口反折，模樣就像銀行員和診所櫃台人員。她溫柔地比手畫腳，像是不想驚嚇到小動物。我納悶那隻小動物該不會是萊緹吧。萊緹激動地大聲嚷嚷，上班族打扮的女士一手拿著文件板，另一手向下晃了晃，試圖安撫萊緹。萊緹轉為低聲嘮叨。那隻小動物果然是萊緹。我想起她坐在漆黑門廊上俯瞰一切的模樣，那她應該是隻夜行性山羊。

不久後，女士離開了。我看見她有一頭清爽的髮型，戴著附鍊子的眼鏡，身穿筆挺的褲子。她走出柵欄門，對萊緹微微揮一揮手，然後關上門。我聽不見萊緹咕噥了什麼，但應該不是道別的客套話。

等到車子駛離，我猶豫著要不要過去。她算不上是朋友，但也不能說不是朋友。身穿開襟衫的陌生女子登門拜訪絕不是好事。我的氣息模糊了窗戶，貼在冰冷玻璃上的臉頰開始發疼。我看著史林特，牠看著我，氣喘吁吁，一臉想出門的表情，尾巴還轉了一圈。我咬著唇，牠汪汪叫。

「別偷聽了，出來吧！壞女人走了。」萊緹的聲音從她家門廊上傳來，恢復到我熟悉的口吻。

我裝作若無其事，那樣她會以為我在家裡看電視。史林特扭來扭去，眼皮動個不停，眼看就要放聲大叫。我正想制止牠，只見牠前腳趴地，屁股朝天，「汪、汪、汪」大叫三聲，響亮到令我耳朵作痛，而牠尾巴像旗子一樣揮動。

「我聽到啦！」

我愣在原地。

「隨便妳。」

史林特抬頭盯著我嗚嗚叫。我板起臉。「好啦。」牠立刻衝到前門。

我踏出家門口時，萊緹文風不動背對我坐著。我走出柵欄門朝她家走，她也沒有動靜。我打開門栓，握住開襟衫女士剛剛握著的地方，她依然故我。

史林特衝過去，她搔搔狗狗的耳朵。

「要吃餅乾嗎？」她拿出罐子。

我盯著她看。

她聳聳肩。「隨便妳。」她拿出一片餅乾吃了起來，看起來很好吃的樣子。我的肚子咕嚕咕嚕叫，這才想起自己還沒吃中餐。「這是我今天在賽頓那間高級超市買的。」

她再次揮舞著手中的罐子。

我拿了一片，坐下來。好吃，真的好好吃喔！

她笑吟吟地遞出罐子，我拿起另一片，一邊吃一邊看著她，餅乾屑掉落到胸前。我應該說些話才對。

「妳……」一開口，餅乾屑噗哧噴出。她犀利地覷了我一眼，我摀著嘴，把餅乾吃完。餅乾黏成一團，我設法吞下去。

「我怎樣？」

「還好嗎？」我差點噎到，「妳還好嗎？」

她搔搔史林特，餵牠一塊餅乾。「我很好。」

「剛剛那是誰？」

萊緹蓋上罐子，輕輕放在腳邊。史林特朝罐子聞個不停，她用腳趾輕輕推開牠的鼻子，掀開櫃子，拿出熱水壺。「來杯熱巧克力？」

我點點頭，萊緹把熱水壺交給我去裝水。

她舀了幾匙粉末到兩個杯子裡，一邊倒水一邊快速攪拌，湯匙鏗鏗鏘鏘碰撞杯子。她把其中一杯遞給我，另一杯放在櫃子上，再從外套裡拿出一個小瓶子，開蓋，全倒入杯中，關蓋，小心放回外套，動作一氣呵成。她拿起杯子，啜飲一口，就著杯緣對我微笑。「有時就得添加點別的風味，就像今天。」

我認出那個味道。「威士忌？」史林特噴了口氣，鼻子靠到我的腳上。

「我白天通常不喝酒，但今天實在太……難熬了。」

我想回家了，但沒喝完就回家會不會太失禮？她倒坐回椅上，嘆了口氣，手捧著杯子。澳洲喜鵲的叫聲掩蓋過遠方碼頭的喧鬧聲。她剛剛只拿出一小瓶，天知道外套裡還藏了多少？

「她是社會局的人，想進我家裡看看。」萊緹冷不防開口。我嚇了一跳，滾燙的熱巧克力噴濺到我的腳。我擦掉巧克力，腦中浮出萊緹家中的畫面。

「妳讓她進去了嗎？」

「沒有。」

我們喝著各自的熱巧克力。

「為什麼？」

「什麼？」

「她為什麼要看妳家？」

「有人舉報我。」萊緹瞪著街道另一頭。

「舉報妳什麼？」

「環境不衛生，火災隱患囉！」

「什麼意思？」

「有人覺得我家危害健康，容易引起火災。」

我不予置評，專心攪拌杯裡的熱巧克力。

萊緹清清喉嚨。「別說了。」

「我什麼也沒……」

「都寫臉上了。」

我想起開襟衫、文件板和社會局車輛。「她還會回來嗎？」

「會。」

我咬著唇。「她想做什麼？」

「多管閒事囉。」

從萊緹家後院可以看到我們家後院，家裡也可以聞到萊緹家的味道，我很清楚這意味著什麼。「她會強行進入嗎？」

「也許吧。」

「她是怎麼說的？」

「要我填單子，說要**幫我釐清問題**。」她語帶嘲諷，刻意模仿對方說話。我懷疑萊緹不知道她家地毯的顏色，搞不好她連有沒有地毯都不曉得。

萊緹瞥了我一眼。「妳什麼都不說很討人厭耶。」

「以前也有人這麼說。」

她定睛看著我，我俯身伸展被史林特坐住的腳趾，史林特挺直背脊，擋住她的目光。「妳如果填完單子，她是不是就不會再來找妳了？」

眼角餘光中，萊緹聳聳肩。「看情況。」

「什麼情況？」

「看我填寫的內容囉。」

我想起那台社會局的車，想起大家站在籬笆外往萊緹家探頭探腦，要是能擺脫掉她家的臭味也不錯。「妳乾脆就填一填，她就不會再來煩妳了。」我調整史林特的項圈，讓狗牌垂直向下。

我可以感覺到萊緹的視線。她清了清喉嚨。「也許，總不好讓人一天到來晚來窺探，對吧？」她拿起餅乾罐遞給我。「別擔心，小ㄚ頭，我會處理的。」

我沒接下餅乾，我不餓。「最慢什麼時候要填完單子？」

「她說兩天後會再來。」

那就是星期三。如果他們一起來，屆時我會在學校。我有時間可以整理後院，也可以在上學前把洗好的床單拿出來曬，點燃一個或四個蚊香。我稍微鬆了口氣。

「如果妳需要，我可以幫忙。」

萊緹把餅乾罐硬塞給我，我接下、打開蓋子，選了一塊餅乾吃了一口。她自己也拿了一塊。「當然好。」

萊緹坐在那些單子上，她挪了一下屁股，拿出摺得亂七八糟的單子，放在腿上窸窸窣窣地撫平，一次一張慢慢地瀏覽。我瞄到兩題：**髒亂程度**和**囤積程度**。我盯著自己的杯子看。她又去掏外套，手在口袋裡摸來摸去。我還能期待什麼呢？就在我想藉口先走時，她拿出一副亮黃色的眼鏡。我背靠椅上，她則戴上眼鏡讀了起來。

「怎麼樣？」

萊緹念出聲。「請圈出最符合的一張照片。」她盯著單子，臉色一僵。「妳來寫吧，」她把單子塞給我，「妳進去過。」

廚房。有九張廚房的照片，第一張乾淨整潔，然後一張比一張亂。我比較了一下，第一張是乾淨，第九張……看起來根本不像房間，是垃圾堆了吧。我很好奇這些照片是怎麼來的，是先拍下乾淨的照片，然後弄亂，還是先拍凌亂的照片再去整理乾淨。不管怎麼拍，肯定都是大工程。

我咬著唇，回想萊緹的廚房。第九張照片根本走不進去吧！但我可以翻窗戶進去萊緹的廚房，然後走出來，所以應該還不到第九張的程度。因為還看得到窗戶，所以也不是第八張——第八張連牆壁都沒有。我拿著筆在第六和第七之間徘徊……第七張比較符合，但我們都不希望那個開襟衫女士再度上門，所以我最後圈了第六張。

下一題是臥室。「這題妳得自己來。」

「為什麼？」

「我沒去過妳臥室。」

「妳有啊！」

「我沒有！」

「妳去過，妳在臥室找到我的。」

那是臥室？她睡在那裡？我茫然地盯著單子看。

「怎麼？不知道怎麼寫？」

我強迫自己細看照片。她當時被壓在書櫃底下，所以房間還有讓櫃子倒下的空間。那第九張可以不考慮。當時很暗……所以我沒看到床和牆壁，不代表床和牆壁被掩蓋住了。我回想那個烏漆抹黑的房間，濃烈的體味，懸掛的蒼蠅黏貼條。我咬著嘴唇內側，盯著照片，圈選第六張。

「下一題是客廳，我可沒去過。」

「妳有經過，從我房間出去的右手邊。」

「門是關著的。」

「門沒關。」

「可是……」喔！我看著照片，第九張只有一堆亂七八糟的東西，哪來的房間。我的手停在半空中，當時屋內很黑，我其實看不到什麼……我圈了第八張。

照片題結束。我瀏覽底下的說明：**任何一個房間超過四分以上，在臨床上顯示有整理上的困難**。

萊緹看著我。「怎麼樣？」

我先看著自己圈出來的兩個六和一個八，然後是「臨床」兩個字。

「我們還有一天的時間。」

有五大提問，我看了前兩題。**自評目前房間的髒亂給妳帶來的困擾程度？自評在清理、販賣或回收他人不要的物品時的困擾程度？**

「妳得自己作答，這跟妳有關。」

「念出來我聽聽。」

我清清喉嚨。內心老鼠開始咬嚙我的左下肋骨。我深吸一口氣。

「請根據1到9分作答，1為毫無困難，9為極度困難……」

她想了一會兒，第一題她給出六分。「我都住習慣了嘛，妳也覺得還好對吧？」

我回想自己在凹凸不平的地板上努力維持平衡，還必須擔心會被一旁的東西砸到。

「呃，這個嘛……」

「好吧，七分，不能再多了。」

我寫下來。

丟東西那題她給出五分，接著又改成六分。我看著她的口袋，口袋裡有剛喝完的空瓶，回收桶分明就在她椅子後面。她看著我，我則看著她伸手想去拿屁股底下的小瓶子，滿臉通紅。「好啦，七分。」

我仔細地寫了個7，再畫條線，加個句點。

我頭也不抬地繼續念接下來兩題。「請根據1到9分作答，1為毫無困難，9為極度困難，自評只購買或保留自己所需或可負擔物品的困擾程度。」

「五分。」我寫下來，萊緹咳了一聲。「六。」我畫掉五，在一旁清楚地寫下六。我得清一清指甲了。真是奇怪，當你沒正眼看著某個人，反而更加意識到那個人的一舉一動。我可以感受到萊緹的氣息聲。

「請根據1到9分作答，1為毫無痛苦，9為非常痛苦，面對家中堆積如山卻無法處理的物品，你的心情是？」

她默不作聲。

我沒有抬頭，手裡的筆停留問號上方等待，不去理會隱隱作疼的耳朵。

「八。」她輕聲說，我下筆，輕輕繞了兩個圈，然後再繞一次加深筆跡。

還有最後一個問題。

「請根據1到9分作答，包括經濟上、社交上、家庭關係上、工作上、學業上、日常上等，自評雜亂、狂買、丟不了東西對生活造成的負面影響程度？」

萊緹有家人嗎？我瞄了她一眼，她正緊盯著腿上緊擰的雙手，十根手指像蟲子一樣糾纏，指尖變黑紅色，指甲卻是白的。

她深吸一口氣。「九。」聲音小到我以為自己幻聽了。9是糟糕，她的生活再怎麼樣也不至於是9啊！然後我想起妳，想起妳走了之後的我，我寫下9。

我看了一下題目後面的說明。

「如何？我的分數？」萊緹幽幽地問。

我不想回答。

「說啊，我沒那麼脆弱。」

我艱難地說：「囤積症在臨床意義上的分數是……」

「怎樣？繼續說。」

我看著她的回答：七、七、六、八、九。「第一到第三題的分數都超過四分，並且第四或第五題的分數超過四分。」

萊緹背靠在椅上，我不知道該看哪裡，只好盯著她的腳。她的鞋子看起來挺舒適的，就是側邊破洞，露出腳趾了。

「也就是說我麻煩大囉。」我抬頭看她，她淺淺一笑。「拜託，沒什麼好意外的，妳真以為我不知道自己家裡成什麼樣了？我知道不正常。就算我自我感覺良好，不覺得我家跟那些一樣糟，」她指指單子上的評分照片，「我也知道真的太亂了。」她挪動了一下。「不然妳以為我為什麼一天到晚坐在這裡？」

我聳聳肩。「我以為妳喜歡聽八卦。」她不客氣地「哼」了好大一聲，史林特都跳了起來。我隱忍笑容，強裝鎮定。「或是變態之類的。」

她仰頭大笑，我可以看見她牙齒裡黑色的補牙部分。笑聲把人行道上的鴿子都嚇飛了，我咧嘴一笑。她笑著笑著就嘶啞地咳了起來，眼眶濕潤，臉色漲紅，分不清到底是在笑、在咳，還是在哭。我笑不出來了，開始擔心她是不是快死了。我拿起櫃子上的杯子，跑去水龍頭裝水，她接過杯子，嘴巴吸了幾口氣，然後又咳了幾聲。擔心歸擔心，我還是第一次看見她的眼睛如此炯炯有神。我想應該不完全是因為咳嗽的關係。她舉起杯子，水濺出了不少，但總算慢慢地喝了幾口進去。我重新坐定。

她擦擦眼睛。「妳說得對，小丫頭。」

「我叫蕾伊。」我提醒她。

她拉長臉。「我知道，我在拉近關係，叫妳小丫頭比較親暱。」

「喔，好吧。」我暗忖是否應該禮尚往來。既然她把我當幼童一樣呼喚，那我該怎麼回應呢？

「謝啦，老太婆。」

第三十八天

星期二

我輾轉難眠，滿腦子除了自己和妳，我居然惦記著萊緹家。那棟屋子宛如醜陋的龐然大物盤踞在我們家隔壁，變得愈來愈大。萊緹都睡在哪呢？那個糟糕的屋子裡連站立的地方都沒有。總不能睡外面吧？她一定得進屋睡覺。但臭成那樣她怎麼睡得著？天氣這麼冷，也不能睡在外面。我想起我發現她的那個房間，哪裡有位置可以睡呢？那位女士星期三還會上門，到時萊緹得交出那張寫了九分的單子。我閉著眼睛，左眼皮不停跳動，電視螢幕的光芒透過睫毛閃爍。我終究還是睡著了，當我再度醒來，拂曉的微光透進屋內，我心意已決。

只要在開襟衫女士上門前把屋子清理乾淨，這件事就可以解決。不用太完美，只要能證明她可以照顧好自己，不需要其他人干涉就好。

金黃燦爛的清晨陽光在建築物之間綻放，灑落整條街道。我敲敲她家大門。她不在門廊上，所以她當真是睡在家裡，這樣的話，家裡應該不會亂到哪去。我換隻手拎清潔工具桶，再次敲門。

「滾！」裡頭的人不客氣地大吼。

我提醒自己那個人是萊緹，繼續敲門。

門開了，但是被地上某堆軟軟的東西擋住，只開了一張臉的寬度。我猜是報紙，我之前是硬擠出去的。門縫裡露出萊緹的臉。

「喔，是妳啊，」她看著我手上的桶子，「幹嘛？」

「打掃妳的房子，就不會有人來多管閒事了。」

萊緹嘆口氣，捏捏鼻樑。「妳不是應該去上學嗎？」

「現在是六點四十五分，還要兩個小時才到上學時間。」我沒說我已經替自己請好假了。

「兩個小時清不完的，孩子。」

「不用清完全部。」她挑起單眉看我，我不予理會，接著說，「大概清一下就好，證明妳可以照顧自己。」

她嗤之以鼻。「妳打算從哪開始清？」

我胸有成竹。「走廊、廚房和浴室。她會先看妳用餐的地方，以及妳如何維持整潔。」萊緹直勾勾地盯著我，我實事求是地說：「還有最小的房間，」她文風不動，「那樣最省時間。」

「我懂了。」

「那麼？」我高舉桶子晃了晃。

「聽著，我不認為——」

我置若罔聞，逕自從她身邊走過，踏入黑暗之中。

走沒兩步我就跌倒了。臭味彷彿有自主意識般鑽進我的鼻子和嘴巴，熏得我淚眼汪汪。是生物腐臭的噁爛味道。腳陷入一團發臭的東西裡，我更加難以專心，前門透入的光開始變細。

「不要關門。」

「妳沒事吧？」

「沒事，只是跌倒了。」我咳嗽著爬起來，盡量盯住從門縫裡透進的光。

萊緹的身影消失於黑暗之中，我到處摸索自己的桶子，不去想像我到底碰到什麼東西，早知道就帶兩捲垃圾袋來了。

「拿去。」一片烏漆抹黑之中，萊緹塞了某個東西給我。

「這是什麼？」

「薄荷膏，擦在鼻子下方。」

「為什麼？」

「蓋住味道啊！」她生硬地說。原來她也知道臭啊，好在我現在看不清楚她的臉。

「妳會用嗎？」

「不，我習慣了。」我用一根指頭從罐子裡挖出薄荷膏抹在鼻孔下方，皮膚一陣灼熱，刺激得我淚眼汪汪，但真的有效。我站起身。

「還想掃嗎？」她說。

「想。」

「那就全聽妳的，從哪開始呢？」

「走廊。」

「從進門開始，合理。」

我點點頭，沒多加解釋我其實只是想離大門近一點。

「先處理掉這堆玩意。」我敲敲牆邊堆得老高的報紙。

不到二十分鐘她的回收桶就滿了，但萊緹覺得她可能還需要這些報紙，老是去把報紙撈回來反覆確認。我回家去拿家裡的回收桶，再返回時，回收桶裡的報紙有一半又回到她的門廊上。

「萊緹！別這樣，我們會整理不完的。」

她頭也不抬繼續搬報紙。「我得確定妳沒丟掉我用得上的東西。」

「都是舊報紙，妳根本不知道裡頭有什麼。」

「所以才要確認。」

要是她不在，我一個人清還會快一點。我從她手中搶回報紙，塞進桶子裡。

「不過是報紙，現在上網全查得到。」

「這些舊報紙可查不到。」

「沒錯，陳舊發霉又沒用，丟了就對了！」

「萬一——」

我又搶回一份報紙。「上網查吧，都建檔了。我才十歲，連我都知道。」

她試圖搶回我手中的報紙。「不用妳告訴我該怎麼做！妳沒資格闖進來告訴我什麼才重要，妳根本不懂！」她目光如炬，彷彿我才是那個麻煩。太陽高高升起，花了一整個早上清不完一條走廊，這樣下去怎麼可能過關。

萊緹搶走我手中的報紙。「妳以為妳是誰？」

我搶回來。「想幫妳的人！」我衝著她大吼，她彷彿被我揍了一拳般後退。

兩人怒目相對，我真想打她。

萊緹癱坐在一堆雜物上。「我居然為了報紙去罵一個十歲小孩。」她整個人像洩了氣的皮球，垮著臉，讓我聯想到院子裡還沒澆灌的花草。

我在她身旁坐下。「只不過是報紙，萊緹。」

「我知道。」

「我可以幫妳上網查。丟掉這些報紙，還是可以找到所有資訊。」

「我沒有電腦。」

「去買一台就好啦。」我想起她堆積如山的家，隨即補了句，「妳可以用我的。」

萊緹點點頭。「有道理。」但她的手仍壓在前方的報紙堆上。我拿開她的手，她的手又皺又軟，一如她的舊報紙。

我回想起以前妳要我丟掉所有舊玩具。那時，妳放了一個大紙箱到我房間，要我自己裝滿箱子，否則妳就親自動手。反正妳也不玩了。妳說得一點也沒錯，我甚至很久都沒拿出來看了。但當我把玩具放進箱子時，我感覺不是在清理玩具，而是在丟掉回憶。那個我在園遊會上贏來的紅蘿蔔娃娃，只剩下一個眼睛，光禿禿的，毛都掉光了，我其實沒怎麼玩，但它始終擺在我的床頭上，提醒我贏到它的那一天。我坐了所有符合我身高的遊樂設施，妳買了三個驚喜包給我，我吃了一大堆棉花糖，搞到自己頭痛，搭電車回家的路上還差點吐了。妳讓我躺在妳的腿上，摸著我的頭髮，替我去加油站商店買氣泡水。一個我從小玩到大的大耳兔妮妮已經破舊不堪，聞起來有鼻涕味，說不定還有跳蚤，所以我不想把它擺在床頭上。只不過，有一次我弄丟了它，和妳在整個社區找了一整天，我不記得有沒有找到，只記得我累到走不動，妳揹著我，低聲咒罵，但不是罵我。隔天我醒來，沒印象自己怎麼躺到床上，但兔兔就在我旁邊的棉被裡。我後來把它放到櫃子裡，再也沒拿出來看過。只是，我沒辦法把它放進箱子裡。妳說我們要搬家，不能帶走所有布偶，可是我實在沒辦法把箱子丟掉，所以，我把箱子放在房間裡，某天我回到家，箱子不見了，我小時候看的書、貼在牆上的舊畫作、紅蘿蔔娃娃和我最喜歡但穿不下的鞋子也沒了。除了妳洗好放在我床上的妮妮兔外，所有東西都丟了。我很難過，特別捨不得那些書，但不用自己動手真是太好了。我一回到家，進到房間，這些東西就已經不在了，我只要假裝從未擁有，就不會格外想念了。

「萊緹？」

「嗯。」

「我保證，我只丟掉報紙，這些上網就查得到。其他都留著，這樣可以嗎？」

她眼巴巴地看著我。「只有報紙？」

「只有報紙。」

她點點頭。「好。」她再次把手放在前方的報紙上，我輕輕拿開一隻手。她看著我把報紙放進回收桶，但沒有起身再去把報紙拿回來。我回想起那個放學回家後就不見了的箱子。

「我還需要更多垃圾袋，妳可以再去多買點嗎？報紙我來整理就好。」

她苦笑，緩緩起身。「有人說過妳這孩子挺狡猾的嗎？」

「像妳這麼老的還是第一個，老太婆。」

她打了我一下，卻是滿臉堆笑。「只有報紙喔！」

「只有報紙。」

然後她就離開了。

趕在她回來前，我快馬加鞭地清理，所有回收桶、垃圾桶和垃圾袋都裝滿了。雖然我承諾過，但在清完了第一批後，我就無暇細看了。這些雜物笨重骯髒，看不出有值得留下的東西。要是她問起，我就騙她，她不用知道太多。

她回來之後，牆壁已經被我清出來，大門也可以敞開了。萊緹站在門口往內看。

「嘖。」

「什麼？」

「我都忘了壁紙有多醜了。」她把五大捲垃圾袋交給我，都是最大容量的那種。

「妳真的只丟掉報紙？」她有點懷疑，也有點驚奇，沒想到只丟掉一種東西，可以帶來這麼大的改變。的確，從前門透入的光如今可以直射廚房，但很難說有好到哪去，地板還被埋在一堆東西下面，光照亮了一切，房間現出原形，浴室也看得一清二楚。她一定是去屋外的水龍頭洗澡，煮的水也是來自那裡。看來，離完工還有好長一段路要走。我看向整面壁紙，一路通往客廳門。只要走廊清出來，視覺就會整個不一樣了。

我給萊緹一個垃圾袋。

「只有報紙？」

「只有報紙。」

我們開始動手。

我的手腳比萊緹快，她老是停下來檢查，把報紙放進垃圾袋，拿出來，放回去，再拿出來，然後放別的進去，如此反覆。我放她一個人去磨蹭，自己加足火力清理走廊，從頭到尾用身體擋住她的視線，不讓她看見我偷偷丟了其他東西：雜誌、面紙、破損的穀片盒、塑膠容器。一聽見她起身，我就塞報紙進去蓋住，這樣當她往袋子裡看時，看到的就只有報紙。我裝滿二十個袋子，萊緹只裝了一個。我一把抱起最後一疊報紙丟進去，然後拖著垃圾袋往前院去。但我沒考慮到她的院子居然滿了。這下子要怎麼在明天那個女人來到之前清空這裡？屋外整齊堆著垃圾袋會比較好嗎？還是更糟？雖然可以證明她能自己打掃，但也可以看出她過得多糟。我還得清地板呢！我餓得前胸貼後背，我只吃了早餐，之後就沒再進食過，搬了一整天的報紙，我腰痠背痛，嘴巴像含了一隻死動物，鼻孔還有縈繞不去的臭味。萊緹拖著她那唯一一包垃圾袋走出來，跟其他垃圾袋並排在一起。

「好啦！」

「萊緹，我們還得打掃地板。」

她倒坐在門廊椅上。「先喝杯涼的，休息一下吧。」她從椅子後面拿出一瓶薑汁啤酒給我。我想的是這些空罐子到時要丟哪？所有的垃圾桶都滿了。

「妳得吃點東西，我們去買午餐吧。」

「我不是笨蛋，我知道妳想拖延時間。」

「一個十歲小孩還知道拖延兩個字啊。」

我才不會上當。「別想改變話題。」

「我們還是得吃東西吧！」

「要吃妳自己去吃，我不會阻止妳。」我在她身旁的椅子坐下，假裝疲憊地嘆口氣，刻意閉上眼睛。

我可以感覺到萊緹的視線。「妳也得吃。」

「那妳就順便幫我帶吃的回來，」我伸展雙腿，「我得休息一下。」

萊緹靜默半晌，我忍住睜眼看她的衝動。

她清清嗓子。「好吧，我們先休息吃東西，午餐後就繼續清理。」

「聽起來不錯。」

「妳要在這裡等。」

「是啊。」

「好。」她站起來，「我不會去太久。」

「那好，我餓了。」

她站起身，影子覆蓋住我的臉。我幾乎可以聽到她此刻心裡冒出來的想法。「妳不是該去上學了嗎？」

我繼續閉著眼，還在想她怎麼沒早點問呢。「今天是教師研習日。」

「啊，妳之前怎麼沒說？」

「不然妳不會放我進來啊。」

她嗤之以鼻，我不為所動，聽到她拖拖摸摸了一會兒才離開門廊，走出去關上柵欄門。我緩緩數到三十，睜開眼睛。她走了，我立刻行動：翻過側邊籬笆，推開史林特，直奔我們的鐵皮小工具間拿鏟子、綠色垃圾桶和輪式垃圾桶。要清空地板只有一個方法，而我沒有多少時間了。

我鏟空了一半的走廊，之前的腰痠背痛跟現在比起來簡直小巫見大巫。但我不能停，她一定會趕回來，要是沒在她回來前清完，今天就沒戲唱了。她所有東西都要先過目才讓我丟，一定要趁機處理掉。我盡量不去看我鏟了什麼東西。原本以為前門大開可以散掉臭味，沒想到造成反效果。空氣流通，反而激發出新味道。也可能是我用鏟子翻動的關係，但我不需要擔心會把屋子搞得愈來愈臭，這味道已經是房子根深柢固的一部分了。我抹了些薄荷膏到鼻子底下，繼續工作。我用鏟子把東西一股腦全鏟進桶子裡，硬擠出桶內空間，再繼續鏟，不去想我搬了什麼，也不去正視眼前的東西，地板還埋在下面。我雙手起泡，腳不知被什麼東西刮傷，只是一個勁地去清。垃圾桶滿了，我就拖回自己家，用綠色桶子繼續裝。鏟完最後一批，我拉著綠色桶子回家，把兩個垃圾桶放在我們家門前的路邊，盡可能離萊緹家遠一點，然後再帶鏟子回來，試圖剷掉捕蠅紙，這時，她的聲音在背後響起。

「妳在做什麼？」她聲音低沉，怒氣騰騰。這熟悉的口吻讓我內心的老鼠又活躍起來，撕咬著我的胃，翻攪胃酸。

我嚥下口水。「我在清走廊。」

「東西都到哪去了？」她一字一句咬牙切齒地說，活像我有重聽。

「都是些沒用的東西。」

「妳根本不知道那是什麼。」

我又累又熱，骯髒狼狽，從早上六點三十二分之後就沒進食過，我鏟了四十三堆垃圾才清空走廊，我是在幫她耶！

「我知道，就是垃圾！」我話說得難聽，衝著她大喊讓我心跳急促，但我管不住我的嘴。「爛掉的食物、空罐子、一包又一包用過的面紙、髒抹布、被咬掉一半的坐墊、破瓶子、破罐子、外帶的容器、塑膠湯匙、塑膠袋、廣告信、死蜘蛛、橡皮筋、壞掉的筆、筷子、發霉的水果，我相信我還鏟到了老鼠屎和屍體，我猜是隻被壓死在底下的貓，一隻**貓**啊！萊緹。」我哽咽地說，內心的老鼠撕扯著我的心，我吞下嘴裡的酸味，吶喊，「一隻髒兮兮、毛茸茸、被壓扁的貓，上面還蓋著紙盤子。」我的聲音尖銳到連自己都感得陌生，「**瘋了**才會在家裡堆這些東西。」

「貓？」

「一隻死貓！」我的呼吸聽起來紊亂，「死的，一隻死掉的動物！」我忍不住重複那個字眼，我不能再說。「死的！」我從她身邊擠過去，咬著舌頭，不讓這張嘴繼續背叛我。我得坐下才行。

「妳找到我的貓？」

我捧著頭坐下，不能去想倉庫的事，不能去想那隻扁平的死貓。我錯了。我工作一整天，就只清出一條走廊，而那個害死貓的臭老太婆一點也不懂得感激。只要能站起來，我就要回家。她自己去面對社會局，等著被踢出自己家，一切就不關我的事了。光處理那堆垃圾就夠他們忙了，可能根本就不會看我家院子一眼。一踏進她家，基本上就聞不到其他味道。我一開始就不該蹚進這淌渾水裡，她又不是我的誰，我不需要她和她的臭房子，更不要她帶來的麻煩。

「妳找到我的貓？」她把手裡的塑膠袋扔到當桌子的櫃子上，袋裡似乎裝了越式法國麵包。她在我對面坐下，我直視她的臉，她瞪大眼睛，臉色蒼白，鼻子附近的細小血管像是用筆畫上去。「妳找到西維斯特？」

「誰？」

「我的貓，我還以為牠跑了。牠——」她一臉驚恐。

我無語地看向我們家院子，還有垃圾桶，桶裡有一具千瘡百孔的僵硬貓屍。我回想起從地板鏟起屍體時，我只敢看的那塊發光的東西。「牠的項圈有寶石嗎？」

她把頭埋進手裡。「我的天啊……」

我伸手想去摸摸她的頭，猶豫片刻後又縮回來，探入口袋拿出面紙，蹲在她面前遞給她。她接過面紙，握在手中，點點頭。兩人就這樣坐在門廊上，院子堆滿垃圾袋。

「哇，這是在幹嘛？大掃除嗎？」

那小子又來了。奧斯卡牽著一台閃亮的綠色腳踏車站在柵欄門外，自以為幽默還一臉沾沾自喜。

「不關你的事！」萊緹和我異口同聲駁斥他。

他一臉受傷。「我只是問一下嘛。」

「你來幹嘛？你得上課不是嗎？」

「都快四點，學校早沒人了。」

什麼？距離天黑只剩一個小時，我們還沒想到如何處理掉這些垃圾袋。我看著大門旁還沒動過的桶子，裡面有沒使用到的清潔用具。我們甚至連窗戶都沒開始清。

我站起身。

他指著我。「妳怎麼了？」

「什麼？」

「妳的腳。」

「我的腳怎樣？」

「妳在流血？」他發問的口吻好像我笨到需要有人提醒。

我往下一看，還真的，褲子膝蓋以下都染血了。

萊緹溫柔地將我按回椅子上。「早叫妳別去碰那罐甜菜根，這下洗不掉了。」

我茫然地看著她。她眉頭一皺，瞥了眼奧斯卡。「喔，對，抱歉。」我望著他擔憂的神情。「我沒受傷，奧斯卡，我們在聊一些事，不想給別人聽到，可不可以……」

「喔，好。」他牽著腳踏車沿著街道離開，萊緹和我坐在門廊上沒有動作，直到看不見他，萊緹才蹲到我面前，輕輕捲起我的褲管。我的膝蓋處有一道裂口，不長，但流了不少血。一看之下，我開始覺得有點灼痛了。

「該死。」萊緹憂心忡忡，我覺得更痛了。「妳怎麼自己都沒發現？」

「我在忙，我得在妳回來前清完。」我的呼吸變得不穩。

「最好去看醫生，小丫頭。」

「不要。」

她跪坐在腳上，盯著我的臉。

「好歹得消個毒。」她看向家裡，「這我沒辦法幫妳。」

「我自己來就好，我有殺菌藥水。」我站起身。

「別這樣，我幫妳。」

「不用，只是一點小傷口，沒事。」我走向前院，成排的垃圾袋像憂愁的士兵列隊站好。走廊淨空了，可是還沒乾淨，其他房間還脫離不了八分，開著門、光站在這裡，都能聞到強烈的臭味。我怎會天真地以為可以一天清完？我指著垃圾袋。「妳得在明天之前把這些都清掉。」

「蕾伊？」

「我沒事，萊緹，真的。妳可以自己清嗎？今晚就要來收垃圾了。」

「當然，妳不用擔心這件事，也不用擔心我，去把傷口處理一下，知道嗎？」她隔空拍拍我的肩膀。我點點頭，準備離開。

「蕾伊……」她清清嗓子，看了我一眼又別開視線。「謝了，小丫頭，我很抱歉……」她揮揮手。我不太確定她在抱歉什麼？那隻死貓？那一團亂？還是她自己？但我收到她的道歉，我懂的。

「沒關係。」我走下門廊。

「那我們和好囉？」

她不安地問，我笑了笑。「和好了。」

她的手在我的手臂旁游移。「謝了，小丫頭，這一切……」她比畫過所有東西，「謝謝妳的幫忙。」

「不客氣，老太婆。」

她露出微笑，我一跛一跛地走回家。我打開柵欄門，看向街道。奧斯卡站在他家門外望著我，我視而不見。

我抵達家門，傷口的痛彷彿一口氣爆發，變得愈來愈難以忍受，我試了三次才把鑰匙插進鑰匙孔。我知道萊緹在看，煩人的奧斯卡一定也是。我挺直背脊，放鬆手臂，唯獨手指不肯乖乖配合。一打開門，裡面傳來史林特的叫聲，我輕輕關上門，低頭一看，紅黑色的血染紅了鞋子，愈看愈覺得痛，比以前被一根圍籬的鐵絲劃破腳踝更痛。當時，妳坐在我身邊，抱著哭泣的我，妳說應該不會到要截肢的程度，但以防萬一，妳還是得替我檢查。我的個子都快跟妳一樣高了，妳居然還能一把將我抱回家，替我消毒、貼繃帶、冰敷，拿凳子讓我靠腳，用一杯熱甜茶安慰我。

我又熱又渴，除了早餐什麼也沒吃，我搞不好會失血過多，一個人死在家裡。我靠著牆，滑坐在地，慢慢脫掉鞋子。好痛。

我好想要喝熱甜茶，我好想有人抱我進浴室治療腳傷；我好想有人來開燈、開暖氣，替我準備食物，這樣我就不用自己動手；我好想有人告訴我，我不會一個人在走廊上流血而亡。我是多麼多麼多麼需要妳，我要妳來替我做這些事，告訴我光脫鞋是不夠的，整條腿都廢了，然後把我抱到浴室裡，替我清理傷口。

走廊昏暗不明，史林特拍打後門，我痛得彷彿血管裡有無數隻滾燙的蜜蜂在螫，我沒辦法待著不動，我把一隻鞋子丟向牆壁，一片昏暗之中，我居然還看得到牆上印出的斑斑血跡，這下子又得清了。我把另一隻也丟出去，鞋子飛進廚房，撞倒某個東西。我把妳的靴子、學校的鞋子和史林特的狗繩都丟出去，也不管丟到哪，我仍坐在地上流血。而這些對妳都不重要了。我抬起腳跟敲撞地板，劇痛竄過小腿，直衝腦門。我一直敲一直敲，直到我的腳再也動不了，整個人氣喘吁吁。

妳依然沒來。

我頭倚著牆，家裡愈來愈暗，就連牆上的鞋印也看不見了。史林特在後門外哀嚎。

我拖著腳站起來，一跛一跛走進浴室，鮮血沿路一滴滴落下。

不知道是不是流血過多影響到腦袋，我突然感到一股平靜的浪潮——沖走了血管裡的蜜蜂，舒緩了痛苦。我顫抖著手打開水槽下方的櫃子，拿出殺菌藥水……真好笑，明明我心裡覺得很平靜的呀！我不禁莞爾。四肢宛如觸電一般刺痛，心跳卻緩慢而平穩，在傷口、胸口和手指之間遞送脈動。我思緒清晰，側坐在浴缸邊緣，血沿著缸面流下。我想抬起受傷的腳，但染血的運動褲太過沉重，腳一再滑落，我得脫掉才行。我抬起屁股，先拉出割傷的腳，然後是另一隻腳，「啪」的一聲，我把褲子重重扔進浴缸裡。褲子得好好清洗才行。鼻腔裡始終殘留萊緹家的臭味，現在還多了另一種味道，一種令人昏沉、濃烈又潮濕的動物味道，是我自己的血腥味吧。

我拿起蓮蓬頭沖腳，瞬間湧上的劇痛讓我咬牙倒吸一口氣。打轉的血水流入排水孔，褲子連帶被拖了過去，我把褲子拉回來，在浴缸畫出一道紅色血痕。儘管傷口還在滲血，至少沒有那麼多了。我輕輕放下蓮蓬頭，湊近傷口確認。我用兩指捏合傷口，一陣刺痛伴隨著耳鳴，因為太痛了，還以為是多深的傷口，還好沒想像中嚴重，看起來挺乾淨，但還是得處理一下。我拿起蓮蓬頭對著傷口直沖，痛得整個人蜷縮成一團，當我終於鬆手時，嘴裡有了血腥味。就快好了。關水時，我感覺妳就坐在身旁輕撫我的背。我緩過呼吸，拿起殺菌藥水，打開蓋子，一手掰開傷口，一手淋上藥水。

回過神，我人在浴缸裡，內褲濕了，坐在沾滿鮮血的運動褲上，手裡緊抓著藥水空瓶，一腳沾染了橘紅色液體。小腿陣陣抽痛，我顫抖著拿起毛巾，小心翼翼避開傷口，擦乾腳。傷口是乾淨了，但皮開肉綻，我看了不少《人體奧奇實驗室》[2]，這種傷口應該需要縫合。有那麼三秒，我想過要不要自己動手縫。然後我拖著瘀青的身體離開浴缸，從水槽底下拿出急救箱。

我找到我需要的用品：閉合傷口的蝴蝶繃帶。我當時就是這樣治療妳的傷口，也是在浴缸裡，妳誇我做得很好。後來，傷口癒合了，要脫下手錶細看才能注意到手上那一道細微的銀色疤痕。做得很好。但還不夠好。我從盒中拿出繃帶，撕掉滅菌包裝，貼了五個才把傷口完全黏合。看不到傷口就沒那麼痛了，只是仍一直發疼。傷口處理好了，看起來沒有大礙，甚至不那麼明顯了。

我環顧四周，幸好混亂的部分都留在浴缸裡。我把浴缸裝滿水浸泡褲子，用毛巾擦掉地上、走廊、牆上的血跡，再把毛巾也扔進浴缸。清理完畢，我把史林特放進屋內，餵牠吃東西，自己累倒在沙發上，腰痠背痛，全身發疼，眼睛也癢癢的。我閉上雙眼。

2.《人體奧奇實驗室》（*Operation Ouch!*）英國兒童喜劇節目，演示急診室發生的情況和出色的實驗。

第三十九天

星期三

我睡昏了，沒聽見鬧鐘響，沒感覺到史林特在舔我的臉，沒去上課，也來不及上網請假。一醒來，我就知道自己睡過頭，都快中午了。

妳的手機響起，嚇得我心臟差點跳出來。

我一直讓手機保持充電狀態。手機螢幕不停閃爍，等著有人去接聽。

我的胃不停翻攪，腫起的舌頭抵著大牙齒，我咬緊牙關，忍住湧上的胃酸，跌跌撞撞跑向浴室，抱住馬桶就狂吐。

我要找媽媽。

鈴聲停了。我停止嘔吐，頭靠在馬桶蓋上，冰冷的塑膠貼著我的臉頰。我的呼吸平緩下來，手也不再顫抖。

屋裡寂靜無聲，每一個房間都空空蕩蕩，這個家就是一個空殼。史林特「躂躂躂」走過磁磚地板，潮濕的鼻子對著我的鼻子吐氣。

我坐起身，倚靠在牠身上休息，隨著牠的氣息起伏。

充電了三十九天，手機一次也沒響起，這還是第一次。

全天下只有我一個人知道妳走了。不是嗎？

而手機響了，有人想聯絡妳。我什麼事都能自己來，但我現在不知所措。

我洗洗臉，擦乾馬桶周圍的嘔吐物，穿上衣服，餵史林特吃東西，替自己弄些早餐，盡量遠離那台手機。我彷彿可以聽見妳在取笑我：幹嘛，手機會咬人啊？

時鐘顯示現在是十點鐘。我**感覺**得到桌上的手機在發光。我慢慢靠過去，手機側邊的微弱光芒閃爍著，我傾身過去點開螢幕。有一通未接來電。

蕾伊學校。

一片死寂。

我瞪著那幾個字。

螢幕閃了一下變黑。

史林特舔舔我的腳踝。

萊緹。這就是答案。萊緹會幫我。我梳好頭髮，重新洗了把臉，審視鏡中平靜的臉龐。冷靜，打起精神。妳的聲音迴盪在我耳邊。我挺起胸膛，把妳的手機放進口袋。

萊緹會幫我。

垃圾袋還在院子裡，但門廊空無一人，前門半掩。門可以開了呢，看著門，我心中陰霾一掃，變得溫暖明亮。*這可是我的功勞。*

「萊緹！」我難掩笑容地鑽進門內，一頭撞上某人後背。這個人身上有玫瑰味，不是萊緹。

「喔。」那人轉過身，看起來有點面熟——我認得那件開襟衫。她取下眼鏡，眼鏡連接著鍊子垂掛在脖子上。她盯著我看，她長得並不刻薄，圓圓的臉蛋甚至有些和善，嘴旁兩道深溝像括弧一樣，隔開了嘴唇和臉頰。她抿著嘴，加深了那兩道深溝。

「哈囉，妳是哪位啊？」她笑盈盈地說，臉上疊出笑紋，想必是一個很常笑的人。

我往後退，肩膀撞到門柱，心跳加速。我反手藏在身後，用力擰自己的手。我必須集中精神。

「萊緹在哪？」我不由得拔高聲音。

「萊緹就在這。」她從黑暗中現身。

「這位是？」社會局女士看看我又看看萊緹，單眉一挑。

「她是蕾伊，住在隔壁，她跟她媽媽一直在關照我。」她轉頭，對我使了個眼色。「對吧，蕾伊？」

「我——」

「妳看見門沒關，就想來偷看一眼，對吧？」她酸人時面帶笑容，但眼神依舊銳利。我立刻心領神會，演戲還不簡單。

我還來不及開口，社會局女士搶先一步說話。「妳該不會幫忙清理了吧？」她瞄了我的腳一眼，我沒錯過她的眼神。奧斯卡。

那一瞬間，我慌了，靈機一動，直視她的眼睛。「怎麼可能？萊緹都不讓別人進她家。」我沒看向萊緹，視線始終停留在社會局女士身上，但我可以感覺到身旁的萊緹鬆了口氣。

「沒錯。」我瞥見萊緹投向社會局女士的眼神，但女士的目光仍緊鎖在我身上。

「妳沒去上學？」

「我病了。」

「妳看起來不像在生病。」

「我感冒剛好。」

「妳幾歲了？父母呢？」

「我十二歲。」這謊不難編，「我媽去開會，她在家陪了我一整個星期，要我在她回來前，有事就去找萊緹。萊緹，她離開前有跟妳提過這件事嗎？」我還她一個眼色。

她揮揮手。「當然有！她說妳會睡一整個早上，怎麼會跑來我家鬼混？妳看起來好多了，可以去上學了。」她皺眉把我從頭到腳打量了一番，「還是我給她打通電話？」

「不用，我是因為我家面紙用光了，來找妳借。」我刻意瞄了一眼走廊，裝出一臉驚訝的樣子，但願我裝得夠像。「妳好像在忙，那我自己打電話給媽媽，叫她買回家就好。」我轉身離開。

社會局女士正要開口，萊緹搶先一步開口：「她是想回家看電視啦！現在的小孩子真是，一點小感冒就待在家裡。她媽就是對她太好了，還陪她參加了三次運動會，妳能信嗎？三次！就是這群直升機父母養出這一代沒用的孩子。」

我逕直走向柵欄門，她故意用惹人厭的口吻，要不是口袋裡的手機讓我心煩意亂，擔心不知何時會再響起下一通電話，我真會笑出來。我回到家，關上門，她兀自劈里啪啦講個不停，社會局女士好幾次想跟她約個日子都插不上嘴。

我不知道如何是好，姑且先放史林特到外面去尿尿，自己躺在沙發上等牠抓門要進來。牠在外面逗留了好一會兒，當牠回到屋內，我們一起坐在妳房間窗戶旁等待。

我聽見說話聲，接著是柵欄門開的聲音，車門「砰」的一聲關上，然後呼嘯離去。我知道那位女士離開了。我把臉貼在窗戶上，想要看清楚萊緹家的前廊。

她的臉突然從側邊籬笆冒出來，嚇了我一大跳。她咧嘴一笑。

「妳可以來了，小ㄚ頭，她走了。」

我穿上妳的外套走出去，史林特緊跟在後。我把自家的垃圾桶拖回家，接著把她家的垃圾桶從路邊拖回去，塞進那群垃圾袋之中。

「她來幹嘛？」我抬起下巴朝車子離開的方向比了比。

「不管我喜不喜歡，都有人要來幫我了。」

「所以呢？」

「所以什麼？我喜歡嗎？」

我點頭。

萊緹歪著頭，望向堆在前院籬笆旁的垃圾袋。

「喜歡，也不喜歡。不喜歡居多。除此之外，還算可以。」

我點點頭，我能了解。

「要是都清出來了，不曉得我受不受得了那一整面壁紙。」

很難笑。

「那妳有什麼事？」萊緹往門廊椅子上一坐。

「什麼？」

「妳匆忙離開我家，迫不急待要擺脫那個社會局的人。」

「我才沒有——」

「我們兩個都不想引人注意。」我避開她咄咄逼人的目光。「我是躲不掉了，可也不想被人知道我害一個小孩受傷。妳的傷怎麼樣了？」我聳聳肩。「瞧，妳也不想別人多管閒事。」她打量我，「在妳落荒而逃之前，妳是有事才來我家的吧，我想知道是什麼事。」

我覺得我必須坐下來才行。我緊抓著口袋中妳的手機，感到有些不舒服，也許是站太久，擔心手機當著萊緹的面響起，來不及……來不及什麼？說服她？對她說謊？我不知道該怎麼做。原本以為可以隨口胡扯，但我現在連要不要坐下都舉棋不定。

「坐吧，妳都害我緊張了。」

我坐下，史林特把頭枕在我的大腿上，褐色眼睛緊盯著我的臉，挑動眉毛。我感覺好多了。

「說吧。」

「我想請妳幫我打通電話。」我的眼睛一直飄走，始終無法直視她的目光，只能專心盯著史林特的眉間，搔搔牠。牠舔舔我的手腕。我清清喉嚨，再次開口。「幫我跟學校說我生病了。」

「妳看起來沒有病。」

「我沒有，我睡過頭了。」我考慮把嘔吐的事情說出來，或拿腳傷當藉口，想想還是算了。「我錯過線上請假的時間，需要父母簽名或打電話給學校才能請病假。」

我感覺到萊緹的目光。「妳要我來打？」

我點點頭。

她重重嚥下口水，倒坐在椅上，椅子發出「嘎吱」一聲，她翹起腳然後又放下。

我居然以為這主意行得通？我冷不防起身，嚇得史林特往後跳走。我盯著她的腳。

「算了。」轉身朝柵欄門走。

「我該說我是誰？」

我打住腳步。「什麼？」

「我打電話過去時，我該說我是誰？」

我聳聳肩。

「要我說，這真不是個好計畫。」

我也知道這主意很爛。我邁步往前走。

「我的意思是，就算要我打電話，也得讓我知道我要假扮成誰，才能騙得過去啊。」

我停步。「妳願意打這通電話？」

「這個嘛……妳昨天出了那麼多力，這是我欠妳的。萬一妳傷口感染，必須要截肢，我還得申請理賠。這點小忙當然沒問題。」我偷看一眼她的臉，那個自以為是的老太婆居然在笑，但笑裡沒有一絲嘲諷的意味。

我淚眼模糊，低頭看著鞋子，忍住不吸鼻子。「妳要打？」我哽咽著說。

她從外套裡摸出一支手機。「號碼多少？」

我盯著她看。

「說啊？」

我把妳的手機塞到她手中。「最好用這支打。」

她真行，比妳還像個媽媽。

……不好意思，我們一整晚沒睡，一早又去看醫生，就忘了跟學校聯絡……休息一天已經好很多，但她還很虛弱，以防萬一，明天我先替她請假。好的，謝謝，再見。

她朝我眨了個眼，把手機還給我。「闔上嘴巴，蒼蠅要飛進去囉。」她指著熱水壺。「去裝水吧，我得來杯熱茶。」她笑著說，「妳也需要補充點流質。」

熱巧克力的溫暖一點一滴滲入身體，舒緩了胃裡的不適。我望向萊緹背後，我擺在門廊上那張黃粉相間的坐墊如今顯得格格不入，枯萎的盆栽需要澆水。長久駐守門外似乎使它們變得奄奄一息。

「妳媽人呢？」她隨口一問，語氣就像在詢問天氣那樣自然，但眼睛始終沒離開我的臉。我早該有心理準備。一個十歲孩子跑到隔壁要凶巴巴的老太婆幫忙請病假？她當然會問。她看了我一眼。「我的眼睛可沒瞎。」

我思索著她可能知道多少。她住在隔壁，也許已經注意到妳這幾天都沒進出家門，早上沒有出門上班，晚上也沒有從車站走回家。我得給出一個讓人信服的解釋。我直視她的眼睛。「她出差去了。」

萊緹的神情沒有一絲訝異。「她沒有託人照顧妳嗎？」

我暗忖各種可能的回答。「沒有。」我說的是真話。

「嗯。」她點點頭，啜飲一口茶。「她這一趟去得可真久。」她輕柔地說，彷彿把我當成一隻受驚的小動物。我望著她往茶裡加糖，盡量保持呼吸平穩，放鬆緊握茶杯的手指，耳邊盡是自己的心跳聲，我不得不盯著她的嘴，就怕聽不到她說話。

我勉強自己再喝一口，試了兩次才吞下去。儘管不想面對，但還是硬著頭皮問：「妳會說出去嗎？」

她朝著杯中哼了一聲。

「說給誰聽？妳以為我想再看到那些社會局的人嗎？」

我如釋重負，腦袋嗡嗡作響。我把杯子輕放在中間的櫃子上，屁股坐在雙手上。史林特挪動了一下，毛茸茸的屁股壓在我的腳趾上，不停地喘氣，但願能掩飾我顫抖的四肢。

「有需要就過來找我。不過，居然把一個九歲的——」

「十歲。」

「喔，抱歉。是把一個**十歲**孩子單獨留在家，單親媽媽真是不容易。」

妳一定也會同意這句話。我就此打住，話鋒一轉。

「妳為什麼要幫我向學校多請一天假？」

萊緹就著杯口露出微笑。「妳看起來嚇得不輕，需要休息一天。」

我自顧自嚥下口水，史林特把頭擠到我腿上，頂著我的手臂。我抽出屁股底下的手，搔搔牠的鼻子。萊緹彷彿在等我的回應。今天漫長得彷彿無止境，沒想到連明天也要賠進去。「謝了。」

「妳聽起來沒有很開心。」

「我喜歡上學。」

「那妳就該早點起床！」她臉色一變。我踩到她的地雷了。

我拿起杯子，咕嚕喝下一大口，燙得我咳嗽，眼淚直流。

萊緹拿起湯匙攪拌杯子，我聆聽著金屬碰撞瓷杯發出的鏗鏘聲，很吵但很好聽。她拿起湯匙甩了甩，用外套下襬擦拭乾淨，小心放回罐子裡，然後背靠回椅上。

「不管怎樣，讓那條腿多休息一陣子也不是壞事。」

「我沒事。」

「我可不想因為害一個小孩子受傷而惹上麻煩，就多休息一天，好嗎？」

我哪有選擇的餘地。我瞄了一下她的臉，識相地沒說出口。我小啜一口熱巧克力，聳聳肩表示同意。

「我們可以去其他地方，到城外散散心。」

想到跟一個老太婆頂著寒風走過泥濘的牧場，我一點興致都沒有。

「史林特也可以來。」

「怎麼去？」

「我開車。」

「妳有車。」

「對，我有車。」

她家又沒有車庫。「車在哪？」

「那台白色的。」她指著馬路對面。

我看向對街，有一台紅色休旅車，一台破舊的白色貨車，和兩三台普通轎車。

「那台老貨車？」

「我說的是轎車。」

唯一一台白色轎車是車身閃亮的 Prius。

「那是妳的車？」我還以為是其他鄰居的車。

「幹嘛這麼驚訝？」

「因為那台……好閃亮。」

「就是啊，」她似乎很開心，「兒子買給我的。」

她居然有**兒子**？我難掩語氣裡的詫異。「他叫什麼名字？」

「克里斯多夫。妳明天沒事，我也不想在家等人上門。妳的大狗坐後座剛好。怎樣？要不要一起去兜風？」

她衝著我咧嘴一笑。

沒什麼不好，我回以一笑。

萊緹一口喝完茶，放下茶杯。「那就這麼說定了。」

我要搭車去旅行囉。

第四十天

星期四

車裡乾淨得不像話，跟萊緹家簡直天壤之別，就連味道也很清新。我打開後座車門，猶豫著該不該讓史林特跳進去。

「上車。」萊緹在駕駛座上坐妥，繫好安全帶。

史林特看著我搖尾巴。我遲疑不決，考慮要不要先墊張毛巾之類的。

「怎麼啦？」萊緹轉身，犀利地看了我一眼。

「車子……好乾淨。」

「用不著那麼驚訝，讓牠上車，出發囉！」

史林特跳上去，穩坐正中央，頭探到前座之間。

我坐到萊緹身旁，她身上的衣服隱約發出一股她家的味道。我幾乎習以為常，居然不覺得胃痛了。她等著我繫上安全帶，查看後照鏡，然後就上路了。車子轟隆隆地往西門行駛而去。

出了城市，我才想到要問目的地。

「祕密。」萊緹勾起唇角，眼角全是皺紋。

「很遠嗎？」

「嗯，要兩個小時。」

她注意到我在看後座的史林特。「別擔心，中途會停下好幾次讓狗狗休息。」她打開收音機，是古典樂。「一路上風景優美，妳就放鬆坐好吧。」

我不常聽古典樂，挺好聽的。我凝視窗外，萊緹專注地直視前方。沒人盯著我，我無事可做，只能望著呼嘯而過的牧場。

車子慢下來，我醒了。「我們在哪？」

「吉朗。我要喝咖啡，妳要吃點什麼嗎？」

我搖搖頭。

「那妳留在車上。」車門「喀」的一聲關上。我迷迷糊糊感覺到她回來放史林特下車。我睜開眼睛，牠正對著一棵小樹尿尿。

我這邊的門開了。

「出來。」

「什麼？」

「妳的狗可以坐我旁邊，妳去後面躺。」

我沒有異議，能躺當然好。我沉沉地睡著，不用時刻提心吊膽，在車子的搖晃當中安穩入睡。

醒來時，車子正開在林間。我昏昏沉沉地坐起，望著窗外濕漉漉的樹群。史林特坐在前座，還繫上安全帶。牠轉頭，對著我挑動眉毛，彷彿這是再普通不過的一天。

「睡飽了嗎？」

「是的。」

「太好了。」

我揉掉眼屎。「到哪了？」

「離開洛恩快半小時了。」

「不，」我指著窗外的樹林，「這是什麼地方？」

萊緹笑說：「奧特威雨林。」

「我們在**雨林**？」雨林不都在炎熱的熱帶地區嗎？那可不是兩個小時路程就到得了的地方……

我盯著窗外，好黑啊。現在還沒晚上，卻跟晚上沒兩樣：參天大樹、巨型蕨類、腐朽中和成長中的植物遮蔽了天空。道路狹窄，林木氣勢逼人，魚兒游過海藻林時一定就是這種心情吧。車內很溫暖，但玻璃窗上滿布濕氣，用手畫過冰冰涼涼。

回過神才注意到萊緹在說話。

「什麼？」

「妳以前沒看過雨林嗎？」

我搖搖頭。

「小丫頭，妳得用說的，我兩隻眼睛必須盯著前方的路況。」

她不是說笑，我們在下坡，路愈來愈窄，轉彎又危險，我怕得不敢呼吸。我怎麼會在這裡？跟我家的狗搭上怪老太婆開的環保車，來到一個暗無天日的雨林裡？一個美麗壯觀、令人生畏的地方。通風口送入的空氣夾帶一絲涼意，混雜著腐朽和蔥鬱的林木味道，真想探頭到窗外去好好聞一聞。我很想叫萊緹停車，但這條路蜿蜒狹窄，貿然停車，萬一被後車追撞我們就死定了。我只能乖乖坐著往外看。

「所以這是妳的第一次囉？」萊緹追問。

「是的。」

「喜歡嗎？」

「是的。」我的臉都笑僵了，我納悶自己到底笑了多久。

車子無預警駛出森林，我們來到一條可以俯瞰大海的街道。兩旁都是房子，蔚藍的海面映入眼簾，車子一轉彎，又消失在視線之中。車子沿著綠意盎然的成排樹林前進，樹林的另一頭就是大海。山坡上，咖啡店、公寓、屋舍櫛比鱗次。萊緹冷不防一個急轉彎，史林特和我差點沒被安全帶勒死。她笑逐顏開，轉頭看我，模樣彷彿從美國電影走出來的奶奶。

「就停在那裡如何？」她搖下車窗，微風拂面，細雨停歇，陽光穿透雲層。我聞到大海的味道。在我住的地方，從海灣吹來的潮濕海風之中夾帶一絲雞蛋的味道。這才是大海啊！海風吹拂我的肌膚，微帶魚腥的濃郁鹹味撲鼻而來。收音機聲音變小，窗戶再度關起。萊緹眉頭一挑，問：「要不要吃午餐？」

我的肚子咕嚕咕嚕叫，萊緹點點頭。「聽起來是要。」她解開史林特的安全帶，揮手趕走想偷舔她頭頂的狗狗。「好，去找間可以坐外面吃的咖啡店吧，這樣這隻笨狗也可以跟著來。」

抵達咖啡廳後，我有點慌了。我沒想到午餐的事，身上半毛錢也沒有，只帶了史林特和牽繩出門。我看著菜單，最便宜的也要十五美元。

「小丫頭，有看到喜歡吃的嗎？」要不要乾脆說我不餓算了。肚子又叫了，我坐立不安，佯裝還在考慮，一陣熱潮從我的脖子蔓延到臉頰。

一名服務生走了過來。「要點菜了嗎？」

我彎腰調整史林特的牽繩。

「我餓壞了。」萊緹笑容滿面。

我低頭盯著自己的手，輕扯牽繩。

萊緹點了一份炸肉排。「妳呢？」她單眉一挑，和服務生同時盯著我。

「我不——」

「我請客，我老早就想來這裡走走，又不想一個人開車，算是我謝謝妳，好嗎？」

我想接受，畢竟我也餓了，但是——

「再說，我也吃過妳的披薩。」

我都忘了這件事。「好。」

萊緹聳聳肩。

「謝謝。」我補充道，點了一份大披薩，吃得一乾二淨，連一點披薩屑都不留。

我吃得太撐了，肚子有點不舒服，但不用花錢就是好。萊緹提議吃完飯後，外帶熱飲去散散步。吃飽了走一走也好，不然我可能會倒頭就睡。萊緹從袋裡拿出兩個隨行杯。我好奇她袋子裡到底都裝了什麼。那是一個皮革把手的竹編袋，電視裡的媽媽會帶去海邊用的那種袋子。萊緹替自己買了杯咖啡，給我的則是熱巧克力。我們兩個往海邊走去。四下無人，我取下史林特的牽繩。走著走著，我的腳愈來愈痛，我停下腳步，假裝在調整鞋子，順便檢查紗布。沒有血跡，只是有點疼。萊緹注意到了。

「妳的腳還好嗎？」

「還好。」

「傷口的事不能亂說，小丫頭。」

「真的還好，一定是走路的關係才會痛。」她看著我，我看著她。

「那就坐下來休息。讓狗去跑一跑，我們欣賞風景，妳覺得呢？」

「好呀。」

我們坐在從岸邊延伸到海裡的石堆上。仔細想想這其實還挺尷尬的，我跟一個不太認識的老人家跑到離家很遠的小鎮，她還請我吃午餐，喝熱巧克力。她應該是想跟我聊天氣如何、這座小鎮有多棒或是她的鞋子好不好看之類的吧，我得想想怎麼客套地回應她才對，但萊緹不發一語，我也跟著沉默。史林特趴在我們兩人中間。我們喝著飲料，望著海面，我沒去多想該說什麼，或不該說什麼。

萊緹伸展雙腳。

我感覺自己嘴角都扭曲了，之前真沒注意到她的鞋子，真的醜，有夠醜！我不由得盯著那雙鞋子，忍住笑意，很想看又努力不去看，大概是表現得太明顯，萊緹的目光轉到我的臉上。

「幹嘛？」

我搖搖頭，喝了一口熱巧克力。

她動動腳趾，我倒吸口氣，嗆到咳嗽，熱巧克力從左鼻孔流出，鼻子內像著火一樣燙，很難受。

萊緹拍拍我的背。「妳沒事吧？」

我點點頭，眨著眼，捏著鼻子。

「活該妳取笑我的鞋子。」她笑嘻嘻地說。

「那鞋子也太醜了。」

「店裡最醜的一雙。」她附和。

「那為什麼……」

她聳聳肩。「替這雙鞋子感到可憐吧。醜成這樣，就算特價也沒人要。」她翹起腳端詳鞋面。「反正我挺喜歡紫色。」

「綠色呢？」

「也喜歡。」

「天鵝絨？」

「喜歡。」

「青蛙？」

「青蛙是重要的警哨物種，能顯示一個生態系的健全狀態。」

「繽紛的花？」

「好好好，我知道妳想說什麼，是很醜沒錯。」

「那為什麼?」

「誰知道,我大概就想要愚蠢的東西,可以吧?有時候,一低頭就可以看到荒謬的東西也不錯。」她雙腳交叉,凝望著海面。「看了就想笑,不是嗎?」

我喜歡。我看著自己的運動鞋,左大拇趾附近破了個洞,我動動腳趾,鞋子愈來愈緊——沒多久我就得買新鞋了。我從沒自己買過鞋。

萊緹鞋子帶來的好心情全沒了。

「那個……」我回頭看向停車場,「車是妳兒子買給妳的,妳只有他一個孩子嗎?」

我得找些話來平復心中的不安,而且我也對萊緹家裡的狀況有些興趣。萊緹帶我開車兜風,請我吃海濱午餐,但這些年來她住在隔壁,和我家不相往來,還有隻被垃圾壓死、皺成一團大葡萄乾的死貓。

「不,我有兩個孩子,一個兒子和一個女兒。」

「他們會來看妳嗎?」

「不常來。」她輕輕蓋上杯蓋,「我女兒死了,在她十一歲那年。」

我一時語塞。萊緹接著說:「克里斯多夫長大了,有他自己的生活要忙。」

我斜覷了萊緹一眼,斟酌著該怎麼開口問下一個問題。「他知道……」

萊緹臉一沉。「不知道，這樣也好。」

熱巧克力在胃裡糾結成一團，我的肚子都疼了。母親總是瞞著自己的孩子。我看著萊緹的臉，雖然陰沉，但沒有以往的刻薄，甚至多了點脆弱。看她鐵青著臉，緊抿雙唇，我在想，她可能是覺得那個屋子很丟臉，不敢讓兒子看到，這麼一個天大的祕密，她只能瞞著他。

我進去過那棟屋子。

社會局的女士也進去過那棟屋子。

偏偏就她兒子沒有，她將他拒之門外。

黑暗老鼠又啃噬起來。

「他一次也沒去過嗎？」我吶吶地說，聲音消逝在風中。

我清清嗓子，正想重述一次。

萊緹開口：「對。」

「你們有見面嗎？」

「當然，我會去找他，偶爾約在外面。」

可是我大部分的時間都見她坐在門廊上。

「什麼時候？」

「偶爾。」

怪不得她的車乾淨得一塵不染，她都是開車去看兒子的吧，所以他才會買車給她。

他應該多少知情，然後又假裝自己一無所知。

「他對貓過敏，所以我去看他比較好。」

「妳沒養貓。」

「我以前有。」

我們兩個都沒提及那隻在垃圾桶裡的貓。

「所以他都沒看過——」

「沒有。」

我喝完熱巧克力，打開杯蓋，看著黏在杯底的巧克力泡沫。

「妳會叫他來嗎？我的意思是，如果妳家變得比較不那個……」

「這不重要吧！」她又板起臉。

我壓壓小腿上的紗布。「妳家看起來好多了不是嗎？」

「話是沒錯。」萊緹站起身伸了個懶腰。「走吧，帶妳家的獵犬跑一跑，撒泡尿，該啟程回家了。我可不想摸黑開車。」

車還沒駛離洛恩，史林特就已經睡死在後座上。萊緹透過車內後視鏡看著牠。

「看來牠今天玩得很開心。」

史林特放了一個好長的屁後呼了口氣。給牠吃披薩就是這個下場。我們搖下車窗，回程的路不同於來時，途經一些旅遊標誌。「這一條是大洋路嗎？」

「對。」

我看著雙向道路，前方是冗長的車流。「這麼小一條，還叫大呀！」

「大指的是海洋，不是這條路。」

我望著右邊海面。「原來如此。」

萊緹打開音響，這次不是古典樂，聽著還有點耳熟。沒想到萊緹也會聽這種音樂。她瞥了我一眼，隨即回頭直視前方，嘴角微微勾起。我依稀看到她年輕時的模樣，彷彿一個人從那張臉蛻皮而出，有點可怕。我別過頭凝視窗外。

「我又不是一生下來就這麼老，我以前也熱愛音樂，年輕新潮，酷到一個不行。」

我看著她緊抓方向盤的手，肌膚鬆弛，青筋暴現，老人斑有如潑灑出的咖啡和李子汁一樣遍布手腕到手指，猶如我們在學校為了做海盜地圖會故意把紙張弄得皺巴巴一樣，那是一雙宛如海盜地圖的手。我盯著自己的手，她以前的手也像這樣吧。

「喜歡嗎？」

喜歡什麼？她的手？

「音樂。」

「喜歡啊，是披頭四吧？」我胡亂猜測。

她大笑。「我們這年代的歌不是只有披頭四。」她把聲量稍微轉大，「這是平克佛洛伊德[3]樂團的歌。」她從車門置物空間拿出CD盒，丟到我的腿上。「拿去，放鬆聽吧。」

我照她的話做。車子一路往前開，萊緹調大音量，音樂衝擊我的腦袋和胸口，我想把音樂關掉，也想音樂就這麼一直播放下去。我想閉上眼睛聆聽，又怕得不敢閉上，我畏懼這個聲音，但不希望它停止。

我看著萊緹，她瞄了我幾眼。「妳還好吧？」

我點頭。

「第一次聽《月之暗面》（*Dark side of the Moon*）嗎？」

我點頭。

「是尖銳了點。」她伸手要去關掉音響。

我用手擋住開關。「很好聽。」

我閉上雙眼。

專輯播放完後，背景音樂只剩行駛過瀝青路面的輪胎聲和從後照鏡呼嘯而過的風聲。愈接近墨爾本，這一天感覺愈不真實。當市中心的高樓大廈出現在眼前，熟悉的胃痛又回來了。我口乾舌燥，因靠著椅背頭枕而脖子痠痛。我想起自己的家，漫長的等待和迴盪在廚房的時鐘滴答聲。

一台銀色轎車突然斜切到我們前方，萊緹破口大罵：「混蛋傢伙！我餓了，脾氣暴躁，要不要去吃點東西？我請客！我們可以外帶去威廉斯頓海灘吃，如何？」

3. 平克佛洛伊德（Pink Floyd）：英國搖滾樂團，初以迷幻搖滾與太空搖滾音樂贏得知名度，而後逐漸發展為前衛搖滾樂團，並獲得國際聲譽。

她該不會跟我一樣不想回去吧，畢竟她家幾乎被埋在一堆垃圾袋中呢。

「好啊。」

她換到超車道，油門一踩，加速前進，在經過出口時，搶先一步切到銀色轎車前，擋住銀色轎車的去路。後頭猛按喇叭，萊緹豎起中指，對著側後照鏡比畫，哈哈大笑。

威廉斯頓海灘空無一人，冷風颼颼，我們坐在牆上，盡量不去理會陰魂不散的海鷗。史林特坐在前方沙灘上，我們吃著小賣店買來的炸魚薯條，溫熱油膩又不燙口。夕陽餘暉拉長了身影，回家在即，很快就得面對明天和生活。我晃著腳，腳跟敲打牆面。

萊緹慢條斯理地咀嚼著，讓我回想到自己放學回家的腳步也是這樣拖沓。我不想去想自己家的事，那就問問她家好了。「萊緹，妳的屋子接下來怎麼辦？」

她聳聳肩。

「他們會把東西都清光嗎？」*他們會到後院去嗎？*

萊緹從外套口袋掏出一張皺巴巴的單子遞給我。

我一頭霧水地瞪著紙張。

「這是什麼？」

「**強制清理**。他們要派一群**善解人意**的人，用垃圾車拖走我的家當。」

「他們不可以說拿走就拿走吧，不是嗎？」

萊緹朝單子點點頭。「他們可以。」

我再看一遍單子。容易引發火災，影響健康，危害公共安全。「危害公共安全？」

「看樣子有人匿名通報，有小孩子在我家受傷。」

我內心的老鼠都僵住了。

「什麼？」

萊緹塞了幾根薯條到嘴裡，順帶丟了一根給史林特。她滿嘴馬鈴薯，含糊不清地說：「妳聽到我說的啦。」

我把單子放在我們中間的牆上，單子被風吹向沙灘，在我倆的目送下，一路翻滾飄向大海。

「來一根薯條。」萊緹遞出盒子。

「好。」薯條在口中糊成一團，我努力咬了咬，吞下去的食物通過食道，痛得我淚眼汪汪。我咳了起來。

萊緹拍拍我的背。「妳沒事吧？」

我點點頭，艱難地吐著氣。「吞嚥疼痛。」

「什麼？」

「吞嚥疼痛，吃了太乾的東西引起的疼痛。」

萊緹嗤之以鼻。「學校教的是吧？」

「不是，字典看來的。」

「妳讀字典？」

「偶爾啦。」

萊緹點點頭。「不錯嘛。」她往嘴裡再塞一根薯條，「總比直接說因為吞太大的東西導致食物管子會痛來得好。」

我傾身過去拿薯條。「是食道。」

「什麼？」

「是食道，不是食物管子。」

「我是逗妳開心，小丫頭，妳這觀眾也太不捧場，沒人教妳隨便指正別人很討人厭嗎？」

我把薯條丟回盒子。「有。」

我說得極為小聲，萊緹還是聽到了。她放下盒子，嘆了口氣。

海鳥步步進逼。

「妳的腳到底怎麼樣了？」

「沒事。」

「沒感覺熱熱的？紅紅的？或流出奇怪的東西？」

「沒有。」

我拉起褲管讓她看紗布，滲了點血，但周圍的肌膚沒有大礙。「只是有點痛。」

「好。」她轉頭看向海灘。「那個社會局女人一直在問妳的事，還有妳媽。」

我的四肢異常沉重，四周隨著青石牆面變得朦朧。

「她想要妳媽的電話號碼。」

我全身跟四肢一樣僵硬。

「別擔心，我堅持不要把其他人牽扯進來。現在這個社會，不隨便洩漏個人隱私是很重要的。」她在我身邊動來動去，拿出某樣東西塞到我眼前。「她給了我一張卡，要我轉交給妳媽。」

我盯著那張四四方方的乾淨白色卡片，真沒想到萊緹口袋裡還拿得出這麼新的東西。她應該是要我收下，但我的手黏在了牆上，四肢動彈不得。她把卡片放在我的大腿上，我瞪著卡片，祈禱一陣風把卡片吹走。

風一點也不配合。

萊緹嘆道：「妳不能不理她，小丫頭，那女人會一直問東問西。」

萊緹拿起我大腿上的卡片。「妳最好打電話給她，蕾伊。」

「打給那個社會局女士？」

「蕾伊！」又是那種表情，我不用看都可以感覺得到。蕾伊！為什麼大人一嚴肅就要叫名字？會讓人很不想聽下去耶！「我指的是妳媽，妳得打電話給妳媽。」

「她在工作。」我吶吶地說，聲音隨風而逝。

我可以感覺到那對犀利的目光。「我不是笨蛋。打電話給她，叫她回來一趟把事情解決，免得有人多管閒事，發現妳一個人在家。」

黑暗老鼠又在作祟，吐了冰冷的酸液到我的血管，導致我的手指抽搐。我盯著手。

「我不能。」

「為什麼不能？」

「我聯絡不到她。」

「什麼？」

我沒有回答。

萊緹傾身向前，凝視我的臉。她的眼裡有褐斑，眼白混濁。

「妳知道她在哪嗎？」

「知道。」我沒說謊。

「但妳聯絡不到她。」

「對。」

「是去度假會議之類的？」她往後一坐。

度假會議。是個好詞。我點頭。

「這些該死的新潮父母，我也贊成要讓孩子學會獨立，但也不至於斷聯吧……」她搖搖頭。

眼睛酸酸的，我眨眨眼，閉上會比較好吧。我閉上雙眼。

「好吧。」她把卡放回我的腿上。我睜開眼看著它。「我來就是了。但妳媽一回來我得找她聊聊。」她咕噥地接著說，「不到一天就演兩次，再這樣下去，我都快變成丹尼爾．路易斯[4]了。」

我聽不懂她在說什麼。她嘆口氣，拿出自己的手機遞給我。我翻轉手機，背面貼有印著手機號碼的標籤貼。我瞪著號碼。

「年輕人比較會用手機，幫我隱藏來電顯示再還我。」

我看著她瞇起眼睛，手指一個個按下號碼，焦慮到一陣反胃，然而，她一開口，那聲音不像她，不像一個老太太，我看得入迷。她口條俐落，說話就像新聞記者，遣詞用字都是：欠妥、私密、騷擾，以及熱心社區公益、敦親睦鄰、公民責任。五分鐘後，我聽見對方致歉並感謝她的來電。

我目瞪口呆地看著她。

「妳怎麼這麼行？」

「我都說了，我不是一直都住在垃圾堆裡的老太婆，我以前也算個人物。」

「到了。」萊緹讓我在前門下車，拉起手剎車，等著我哄史林特下車。「妳沒事吧？」

我點頭。

「那好，我得先送車去清洗，不是狗的關係，要是我放著不管太久……」她話語漸歇，我們兩個都沒去看她的屋子。

我揮手道別，萊緹一駛離路邊，奧斯卡便揮著手朝我走來。

我瞪著他。「你還敢來。」

他打住腳步，手停在半空中。

「什麼？」

「別裝無辜。」我指著萊緹的車，萊緹的家。

「妳在說什——」

「算了。」我拉著還在嗅腳的史林特，走進柵欄門後緊緊關上。奧斯卡對著我的背說話。

「不是我，是我媽，她是好心。」他指著萊緹家，「她有問題，需要幫忙，有人可以

---

4. 丹尼爾・路易斯（Daniel Day-Lewis）：英國知名電影男演員，他是第一位也是目前唯一一位三度榮獲奧斯卡影帝頭銜的男星。

幫她。」

「她說不定不要人幫。」

「她想不想不重要，她需要。從大街都聞得到她家的臭味了，我在妳家這邊都聞到了。」他皺起鼻子，「好像有什麼東西死在裡面。」

我呆若木雞，不是因為嚇傻了，而是想著要讓他知難而退。我轉向他，兩人中間隔著一道緊閉的柵欄門。「你什麼都不知道，還在那邊亂說。」他眨眨眼。「你看起來聰明伶俐，滿口大道理，好像很懂別人的人生，其實都在重複你媽說的話，然後裝成是自己的想法。」他倒退一步。我怒視著他的褐色眼睛。「我問你，奧斯卡，你有過自己的想法嗎？沒有，就像你沒有朋友一樣。滾回你自己家，繼續去過沒朋友的日子，別來吵我們。」

他彷彿被我打了一巴掌似地臉紅了，瞪大的眼睛泫然欲泣，我沒去看他的臉，頭也不回地走過小徑，拿出鑰匙，打開前門，進屋，甩上門。

出去了一整天，擴香機的精油都見底了，我添滿所有擴香機，等到他走遠了，才回到前院去澆那些枯萎的吊掛盆栽，在門廊上插上一到兩根蚊香。

萊緹坐回她的椅子，史林特在側邊籬笆磨蹭，想讓人搔搔牠的耳朵。

「蕾伊，還好嗎？」

「是。」我繼續澆花。

「要來杯熱的嗎？」

我自顧自地忙，彎腰拔草，把澆水壺裝滿水。要不是史林特今天在海灘跑了一下午，一眼就知道牠累了，我會帶牠出門散步。一想到要坐在門廊上，我就兩腳發癢，我寧願去走一走。

「謝謝，不用了。」

「好吧。」她離開椅子，彎身越過籬笆搔搔史林特的耳朵。「我開車走了之後，我看見妳在數落那個死小鬼。」

「所以？」

「我不用妳費心，好嗎？」

我想起我的腳和社會局女士看我的眼神。為了拖那堆垃圾袋出她家，我到現在還全身痠痛。我拔起地上一株植物，扔在地上，踩爛那細小的根。

萊緹嘆道：「小丫頭，我不是不感激妳為我做的事，也知道妳努力了，但妳好好看看，」她手朝屋子一比，「這並不正常，對吧？」

我啞口無言。

「不知道妳有沒有發現，我不太擅長丟東西。」我扯扯嘴角，這笑話很難笑。「他們自認可以幫我清理，那我就等著瞧。我光動一張嘴，看他們怎麼做。」

我沒那麼天真，我知道他們會來。不會明明有那麼多的八分和九分，還妄想一點問題也沒有。我只是以為，要是房子沒有病入膏肓，只是有那麼一點糟，那麼一點臭，說不定萊緹能夠說服他們不要插手，她可以自行解決。

我傻了才會覺得這招行得通，這種電影情節般的脫困不會出現在現實中。

「好，萊緹。我先走了，我還有事要忙。」

第四十一天

星期五

我躺在沙發上，聽到轟隆的卡車倒車聲，和沉重的金屬落地聲。透過妳房間的窗戶，我看到萊緹家前放了一個全是刮痕的老舊貨櫃，以前應該是藍色，也可能是橘色，現在骯髒生鏽，拿來裝垃圾。載貨櫃來的卡車已經駛離了。

清潔人員。

沒想到他們來得這麼快，我以為至少還要一個星期，或是兩三天。我穿上制服，衝到廚房，拿出水槽底下的蚊香和爐灶旁抽屜裡的紫色打火機，趕往後院。我用拇指拚命按打火機，手指都痛了，蚊香才終於點燃。我把一個放在門旁桌子上，一個放在石板小路上，一個放在倉庫附近的蚊香盤裡。蚊香煙和濃郁的氣味撲鼻而來，刺痛我的眼窩。我用鼻子深吸口氣，鑽進喉嚨裡的那股酸臭味讓我不禁倒退三步。我點燃另一個蚊香，放在籬笆附近。史林特打了個噴嚏，搖搖頭。我拉著牠的項圈，帶牠一起進屋。我可不能留牠在外面吠叫引來其他人探頭探腦。我割開膠帶，打開窗戶，把線香插入外面窗台上的罐子裡，再閉緊窗戶，但願能把味道留在外面。多此一舉？也許吧，至少能多爭取兩三個小時。不然我還能怎麼辦？

我早早出門，萊緹站在前院，繃著臉看向四個從貨車下來的人，他們身穿白色工作服，朝她揮手。車後拉著一個大型鐵籠。她站在貨櫃旁狠狠瞪著他們。另一輛載著貨櫃的卡車出現在街角。不管是誰妄想裝滿這些櫃子，都祝他們好運。我感覺肩頭擔子輕了一點。他們今天是不可能清完整棟屋子的，等清到後院都不知道何年何月了。

「揮什麼揮？我跟你們又不熟。」萊緹殺氣騰騰的聲音劃破冷冽的清晨。

我笑了。

學校不像往常一樣可以讓我放鬆，范姆老師詢問我的身體狀況，並要我補上這幾天的功課。還有一張營隊活動的通知單，要去巴拉瑞特的老金礦，得花八十九美元。我渾渾噩噩地上課，不知道自己是怎麼度過的。

把錢花下去？這筆錢可是能讓我和史林特吃上一個禮拜耶！用不新鮮的吐司做成的

三明治，吃起來一點味道也沒有。要是不參加呢？那就會變成全班**焦點**，我看著單子上的數字，全班都參加了，我不能不參加。我在美術課上打翻了顏料。剩下的問題是錢，我可以申請補助。我洗掉雙手上的顏料。但那樣一來就得填表格，引來關注，出動父母，走一趟學生福利辦公室。我去廁所。學妹在水槽邊玩水。我只能去，這是唯一不那麼顯眼的選項。我在語言教室，跟同學一起念中文。史林特要託付給誰呢？要去兩個晚上。我背靠在自己的課桌椅上。活動在兩個月後，而我的錢只能再撐一兩個星期。我抄寫著白板上的內容。內心一個小小的聲音說，我在擔心個什麼勁，等活動開始，我早就沒錢了。我的筆在紙上戳出一個洞，插進桌子。*我不知道該怎麼做。*

「蕾伊，怎麼了？」

我抬頭看，這才發現自己說出口了。

我的脖子發燙。

「妳沒事吧？妳的臉有點紅。」

「我很好。」我喉嚨一緊，一說話聲音都是啞的。我吞了口口水，重新開口，「只是病剛好，還沒完全恢復。」

范姆老師丟來一個眼神：*到底怎麼回事？*「妳要去保健室休息一下嗎？」

「不！」大家都在看我。「不。」我放輕聲音，「不用了，我很好。」老師抿著嘴，一臉懷疑。我得配合一下。「我想去喝個水，可以嗎？我的喉嚨癢癢的。」我比比脖子上的凹陷，但願她沒看出底下的脈動有多快。她挺直身體，不再逼近我，她的直覺得到印證，我需要的是水。

「當然，蕾伊，妳去吧。」

我一秒也沒浪費。

整個下午，我強打精神，姑且壓下所有憂慮專心上課，最後卻鬱悶成結。放學走路回家，左眼皮刺痛，四肢沉重得彷彿跑了整個國家兩圈。我累得說不出話，數不了步伐，只想閉上眼睛睡覺。

「站住！」萊緹的聲音鑽進我昏沉的腦袋。她站在前院小徑上，擋住抱著某樣東西的人——什麼東西啊？我瞇起眼睛，好像是一大瓶裝了浴缸塞子的罐子。

「我叫你站住！」她尖聲大叫，我從沒聽過她這樣說話。沒有跟社會局講隱私的氣焰，沒有罵我無禮的咄咄逼人，也沒有佯裝成別人父母的理直氣壯，那無助的口吻簡直就像想躲在房裡哭泣的我，像個嚇壞的小女孩。我站在柵欄門前，呆若木雞。

其中一個戴口罩的人看了我一眼。我彎腰查看信箱，推開大門，一步步走向前門；目光鎖定前方，迅速走進屋內，輕輕關上門。我來到客廳，史林特黏在我後頭。我打開電視，然後進入妳的房間，把窗戶打開一道小縫，坐在窗下豎耳傾聽。

萊緹的聲音裡有掩不住的焦慮。我知道她在做什麼，應該就是抓著垃圾桶要求檢查所有東西吧。那群人看起來訓練有素，經驗老道，聲音不疾不徐，平靜地討論家裡只有一個馬桶是否用得上五個馬桶刷，耐心說服她只留下兩個，兩個連拆都沒拆的新刷子。他們冷靜的分析成功說服了她，但我從她來回門廊和走廊的急促腳步聲中可以聽出，她一點也不覺得好。我聽到兩個人在我家籬笆旁說話，離開後，其中一個女人去請萊緹到後院協助清點留下哪些花盆。這招奏效了，我聽見萊緹的聲音跟著她離開了屋子。

「什麼叫留下哪些花盆？每個花盆都好好的可以用，我一個都不要丟。」

我聽不清楚那個白色工作服女士說了什麼，但萊緹的回覆我聽得一清二楚。

「別碰我的花盆，別想進去我的倉庫。妳說什麼臭味？這裡又沒有死屍！我的倉庫裡沒有死老鼠、死負鼠或臭味，放的都是**我的東西**！離我的倉庫遠一點。妳已經搬走我屋裡所有的東西，社會局沒說你們可以碰我的倉庫！」

接著就是一陣竊竊私語，我聽見他們走回屋內……說先處理廚房之類的。

我動也不動地坐在窗戶底下，聽著前院馬不停蹄的清運聲，少了萊緹在場，速度明顯加快了，乒乒乓乓地將萊緹的人生一堆堆扔上垃圾車。

就快了。

等他們清完屋子，就會轉戰後院。我的喉嚨緊到難以吞嚥。史林特湊過來用鼻子頂我的臉，舔我的耳朵。我推開牠。氣死我了，我怎麼會這麼笨，居然把蚊香用光了。

牠嗚嗚叫著抓地板。牠是對的：我們不能坐以待斃。

我待在原地豎耳傾聽。

他們沒有拖住她太久，不一會兒，我聽見她跑回走廊，鞋子「咚咚咚」踩過我清出來的地板。

她的聲音揪緊了我的心，裡裡外外跑來跑去的腳步聲，心急如焚地去找被搬走的東西，想要偷偷放回去。那聲音令我不安。她需要那些東西才不會讓自己胡思亂想，要是東西都被搬光了，她就不得不去面對現實。我才不去想，不去想如果我沒有那些語詞、數字、作業、購物、植栽、坐墊和帳單，沒有忙著過正常生活，聽電視那些亂七八糟的聲音……如果沒有這些來轉移注意力的話，我會想到哪去。

我不能整個下午都蹲在妳房間的窗下。我等到那些人都進到屋內，聲音不見了，跟史林特一起拔腿就跑，沒跑多遠，就被萊緹發現我想沿著籬笆衝出去。

「蕾伊！」她在走廊上大叫，一群戴紙口罩、穿白色工作服的人就圍在她身邊。她擠開他們來到柵欄門。「他們七點半就來了，」我瞪著她，「他們要搬走我所有東西。」

我都認不出她來了。她變得蒼老、弱小又無助，抓著我的手，彷彿我有辦法可以保護她一樣。那一張張戴口罩的臉都在看好戲。史林特湊近柵欄門想去舔她。我甩開她的手。

「是妳自找的。」

她垂下手。我拉著史林特的牽繩，轉身跑出自家柵欄大門，經過奧斯卡家，他正目瞪口呆站在籬笆前看著。

「喂，蕾伊！」

我視而不見，怒氣沖沖直奔河邊。*都是他害的。*我感覺得到他在我背後的視線。我沒空理他，就讓他等吧。

我們沒在河邊逗留太久，很多人都來騎腳踏車，史林特會想去追他們。我們轉移陣地，走過福茲克雷和賽頓，來到亞拉維爾，穿梭在大街小巷，一邊想辦法，一邊等太陽下山。

日落時分，我們偷了一些植物，有盛開的花、蒼鬱的草。有從公園拔來的，像是三色堇、紫羅蘭、秋海棠，有從別人家花園的盆栽挖來的，根還包覆著泥土，我用妳一直放在外套裡的尼龍袋裝好；其他的則輕輕折起葉子，直接放在厚大衣的長口袋裡。我熟練地避開燈火通明的房子。我在路邊綠化帶的公共菜園發現青花菜，還有彩虹甜菜呢——這是不懂種菜的我們唯一成功種出來的蔬菜。不過，這些菜現在估計全死了吧。我把甜菜也塞進尼龍袋。我查看過亞拉維爾區家家戶戶的花園，裡面一直會有新植栽。我不去有狗的地方，就算史林特想去也不行。我潛伏在公園暗處裡把植物連根拔起。我跪在泥地上，徒手去挖天竺葵。

「喂！妳在幹什麼？」背後一個人破口大罵，「這裡不是苗圃！一天到晚都有人跑來公園偷拔，真是夠了！」

我蹲在地上，心驚膽跳地回頭，手裡還抓著植物。一個白髮蒼蒼的老頭子站在花圃旁，抓著牽狗的繩子，兩手插腰，擺出一張宛如卡通將軍的臉，一看就是那種會壓著小孩子肩膀回家找家長興師問罪的類型。

我唯一能給出的回答是：「我在尿尿。」

他繞到我前面，擋住我的去路，盯著我看。

我縮起身體，孤注一擲。「我在尿尿。」我頓了一下，「你還看。」我聲音顫抖。

他微微後退。

他張口欲言：「我沒有……」他看起來還是很生氣，但有點動搖，他迅速瞥了眼我的腳和屁股。

「你有！」我蹲得更低，只能寄望黑暗和長大衣的掩護了。史林特從我背後的樹叢冒出來，頭壓得低低的。我看到一線生機。「你偷看我！」我大聲地說。

「我沒有——」他倒退一步，高舉雙手，瞥了眼狗狗公園。

我蹲著不動，驚嚇得像個脫了褲子被逮個正著的孩子。光線昏暗，我依然看得到他緊皺的眉頭，他一定認為我在說謊，可是又不能百分之百確定。他看向我仍抓著一小株天竺葵的手。

「你還看！」

史林特在我背後低聲嗚吼。

我提高聲音，愈說愈大聲。「你明明有，而且一直在看！」我試圖讓聲音顯得尖銳高亢，這不難。「夠了，別再看了！」我刻意大大吸一口氣，佯裝要放聲尖叫。

「這時間妳應該待在家。」他放完話後落荒而逃。

我小心翼翼連根拔起天竺葵。

我不敢得寸進尺，冒險久留，拔完了就起身回家，身上塞滿植物。萊緹不在門廊上，前院的垃圾車都走了。我沒去多看她家裡的狀況，偷偷摸摸溜回家。電視還開著，我塞住浴缸排水孔，放些冷水，輕輕拿出尼龍袋和口袋裡的植物放進去浸泡。晚餐是來不及煮了，我倒了些食物到史林特碗裡，用水壺煮水。今天又得吃杯麵了。我裹著棉被坐在沙發上吃。

但還是沒辦法暖和。

後院的窗戶還開著縫。

妳無所不在。

第四十二天

星期六

我人還躺著，腦袋就先醒了，即使睡著也還在盤算。兩天。在清潔人員掃空萊緹家那堆惡臭的垃圾山轉進後院之前，我大概還有兩天的時間。我不去想昨晚萊緹家的黑暗門廊，或她就睡在那棟屋子，或我對她說過的話。

我直接起床。

我替自己煮了杯俄羅斯商隊茶，加了牛奶和蜂蜜，就像妳以前在寒冷的週六下午，總會先煮上一杯，然後坐到沙發上看書。熱騰騰的茶冒著煙，喝起來甜甜的。我緩緩喝完，然後再泡一杯。我端著杯子抵著下巴，一邊將熱氣吸入鼻子，一邊佇立在窗前望著後院沉睡中的花園。太陽還沒升起，天空只透出魚肚白，世界灰濛濛一片。倉庫外的雜草有門一半高。我左右張望，昆蟲還沒起床，但我知道已經比以前少了很多——都休眠去了。我第一個星期就學到這項知識。當時我擔心有蒼蠅，之後更會冒出吃東西的小生物。我大概是擔心妳吧，所以我上網搜索了冬天的昆蟲，然後學到了「休眠」一詞。我就像被棉被包裹一般，也進入了休眠狀態，直到我和萊緹搭上話，而外界入侵的氣息如同滲入裂縫的融雪一般。雜草不清不行，毛巾也不見一條。

我不能再拖下去了。我全副武裝，穿上舊運動褲、去年的學校毛衣和塑膠長筒靴，打開後門踏了出去。史林特從我身邊擠過去，蹦蹦跳跳穿越草叢，尾巴像破旗子一樣，在濛濛亮的天色之中不停揮舞。

我雙眼不停地流淚。白色工作服女士說得對，臭死了。但該做的還是得做，就專心做好眼前的事吧。臭味是消不掉了，至少可以試著不要那麼嚴重，最好是能有個發臭的好理由，一個讓人覺得沒什麼大不了的理由。我不去看倉庫門前的雜草和薊，我只看自己的腳。專心。

有東西在動，是迎風飄動的曬衣繩。是妳掛起來的那條，也是妳留下的另一樣物品。黑暗老鼠睜著銳利的眼睛，一口咬穿我的肚子，灼熱的痛楚逼得我往前走，逕直穿過草叢，哪管會踩到濕軟的狗屎，或是被老骨頭的尖刺戳進塑膠長筒靴，我一把扯下曬衣繩上的毛巾。毛巾變得硬挺，纖維斷裂又刮手，我使勁去折，毛巾在我手中成了詭異的帳篷形狀。我鍥而不捨，甚至動用了腳，還是撼動不了曬掛出來的形狀。我一把往後門扔去，還飛不到一半就掉了，大概落到狗屎上了吧。

我的手和皮膚彷彿著了火一般。陰暗老鼠從肚子裡爬上來，我倒抽一口氣，老鼠瘋狂地鑽進我的頭，透過我的眼睛往外看。這個院子，這團混亂，這棟屋子。

妳。

一道聲音從肚子深處瘋狂地竄上喉嚨，我聲嘶力竭地大吼。史林特剎住腳步。另一道聲音在肚子裡重新蓄積翻騰，我停下來，把灰濛濛的空氣吸進肺裡，再吐出來。我一臉猙獰，臉頰痛得像被曬傷，喉嚨撕裂，頭昏腦脹，然後便停了，一切回歸平靜。我站在草叢中喘氣，陰暗老鼠墜落回肚子裡，回到殘破的五臟六腑。

我一腳踢向掉落在地的毛巾，弄痛膝蓋，靴子飛了出去，「咚」的一聲掉到屋內，我跌坐在地。此刻唯一的聲音只剩下我自己的呼吸聲，和側邊籬笆的窸窣聲，是真正的老鼠。我用掌心抵著眼睛，直到腦袋清醒，坐起身把事情一件件塞回腦袋。就是有點頭痛，沒關係，小事，我忍得了。

史林特溫暖的鼻子聞著我的耳朵，我放下手，萬籟俱寂。牠舔舔我的臉頰，一屁股坐在我身旁，和我一起看著屋後。我們兩個大概都坐到大便了吧。我累到不想動，史林特則靠著我嘆息。

曙光灑落，大地恢復綠色和褐色的樣貌。我坐在地上，褲子濕了，我不去多想，眼前還有事情要做。首先，要先割草，但滿地的骨頭和狗屎，我無從下手。我去小工具間拿來桶子和鏟子，彎腰鏟起丟入桶中；桶子滿了，就去倒在屋旁的垃圾桶。然後又填滿一桶。我一小塊一小塊地清，從這一頭到另一頭，一路往後院籬笆過去，避開有妳在的倉庫。

地上乾淨了，我費勁地將舊割草機推出工具間，不去看魅影幢幢的另一間和那滿是蜘蛛網的漆黑窗戶，以及妳討厭的石棉瓦屋頂。

我總學不會啟動割草機，兩手痠痛，拉繩又沉重，沒辦法拉得很快讓機器發動。我咬緊牙關，一腳踩在引擎上，緊抓著繩子，全身後仰，引擎轟隆隆活過來。史林特繞著圈吠叫。我一排一排地割，院子不大，不用花多少時間。

但我留下了倉庫旁的雜草和薊，說不定會像睡美人城堡一樣自己消失。史林特一直跑過去聞。我大喊要牠離開，慶幸有割草機的油味和噪音。我告訴自己，因為紅背蜘蛛躲在那裡取暖避冬。紅背蜘蛛都吃些什麼呢？我看過 YouTube 影片，其中就有一隻會吃生雞肉。別想了。我關掉割草機，推回到工具間。

安靜之後，我聽到萊緹家前院的聲音。轟隆隆的車聲，垃圾車又開過來，清潔人員回來了。

我拿出花鏟和手套，確定骨血肥料包還在。那是我們決定要自己種蔬菜時，妳買來放在那裡的，後來才知道種菜有多麻煩。

我拿出浴缸裡的植物，挖好一個個小洞，分別種下去，撒些土壤上去撫平，然後澆水。我也在工具間前面種了一些，這樣從萊緹家一眼就可以看到這些植物。一座剛栽種完成的花圃：鮮花、青花菜和彩虹甜菜。看起來有點枯萎，但這裡不受風吹，土壤肥沃濕潤，應該可以撐個幾天。夠了。

我走進去打開骨血肥料包，真臭，臭到喉嚨都嘗得到那股味道，而且好重。我拖出來，史林特一直把頭湊進袋子要聞，我想推開牠，但牠不聽，像隻豬一樣哼哼地嗅來嗅去，直到打了個大噴嚏，這才縮頭。牠都樂成鬥雞眼了。我抱起臭得要命的肥料袋，往籬笆邊倒了一大堆。任由史林特去鑽肥料堆，我自己進到工具間拿耙子，把肥料耙進花朵和植物四周，盡可能鋪滿整個院子。史林特開心得不得了，要讓牠保持乾爽是不可能的了，我開始澆水，之後收拾好工具，關上工作間的門。

我站在後院階梯上審視成果。院子裡新栽種的花朵和剛翻動的土壤，散發一股肥料的臭味。井然有序，沒有大便和骨頭，草地也修剪過。我把在地上打滾的史林特拖進屋內，關上門。

一個平凡的後院。

史林特直接想往沙發衝，但牠又臭又濕，渾身泥巴，我抓住牠的項圈，拉著牠進浴室，關上門。反正都會濕，我索性脫掉衣服，抓著牠的胸口，硬把牠往浴缸拖。牠趴在浴缸邊緣，不斷扒抓浴缸。我膝蓋手肘並用，把牠的腳掌推進浴缸，自己跟著爬進去。我站得直挺，一手抓著項圈。牠睜著眼睛，知道接下來要面臨什麼。我打開蓮蓬頭，牠掙扎得活像被淋了鹽酸。我蹲下去，手肘撞到浴缸側邊，痛得我差點不能呼吸，但我沒有放手。我使勁把牠壓在浴缸裡，牠抓破我的手臂、小腿，爪子陷進我的大腿。我堅持不放。

水變熱，牠總算停止掙扎，霧氣朦朧了鏡子。我用妳那罐藥草花香味的昂貴洗髮精幫牠和自己洗澡，整罐用得精光，而且大半都流到地上了。毛茸茸的大傢伙最後總算開始享受起來。牠坐著輕喘氣，讓暖呼呼的熱水沖洗背部，我幫牠搓揉身上的泡泡。牠舒口氣躺下來。我洗掉自己身上的泡沫，塞住排水孔，讓史林特泡一會兒澡。我頭靠在牠脖子上，牠聞起來像妳。我坐在腳踏墊上，蒸氣充斥整間浴室。

終於洗好了。用光家裡的乾毛巾，弄髒妳的梳子，牠看上去前所未有地乾淨。我穿好衣服，牠乾淨清爽，沒什麼理由得繼續待在家裡。

隔壁傳來「砰」的一聲，有東西被丟進前院的垃圾車裡。不知道萊緹在不在院子裡。一想到她，我的心不由得撲通狂跳，我不能去想上次見面時她的表情，或我說的話。史林特舔舔我的手。

「我們洗乾淨了，去散個步吧？」

牠轉尾巴附和。我替牠繫上項圈，走出家門。往萊緹家一看，她不在門廊。我內心一揪，分不清是鬆口氣還是失望。

我不確定要往哪裡走。我看向萊緹家，兩個清潔人員拖著黑色垃圾袋走出來。我改走另一邊，拉著史林特跟上來。

「妳要去散步？」

是奧斯卡，他靠在自家柵欄門上觀望。難不成他都守在院子裡等人經過嗎？他抬頭看我，緊握柵欄的手指都變白了。

我沒有放慢腳步。「我不正在走嗎？」

「也是。」他抵著柵欄門，微微一笑。

「不然呢？」

他收起笑容。「清理得怎麼樣了？」

我打住腳步。「什麼？」他一直在觀察我？

「清理那個老——」他看看我，「呃，妳隔壁鄰居家啊。」他皺起鼻子，彷彿聞到什麼臭味。

我鬆了口氣，一時卸下心防。「喔，她呀。」這下可好，他以為我想聊，兩三步跨出大門擋在我和狗面前。他伸出手，史林特舔了一下他的手指，我把牠拉走。

「妳就住在隔壁，一定很高興有人去幫她清了吧。」他看似隨口說說，其實正盯著我的反應，想要從我這得到一聲贊同。「有人介入妳一定很開心。」他得意洋洋，彷彿在說：我很聰明吧！

「你媽跟你說的，對吧？」

他漲紅了臉，我瞥見他眼角抽搐，但仍直視我的目光。「她家髒死了，影響別人健康，社會局幾年前就該處理了。事實就是她很危險，我媽說——」

「我媽說。」我嗲聲嗲氣學他說話。

「是真的。」他整張臉漲得通紅，忘了原本是想說服我，反倒抬出他媽媽來跟我理論。又一個出於好意的大人，動不動就去通報主管機關，派人上門大談福利安全，把家長像馬戲團動物一樣硬塞進那些要勾選的審核框裡。自以為是的人！

我看著奧斯卡，他兩眼炯炯有神，直指萊緹家，裝得像是出於關心。「明明是個大人了，不能照顧好自己就算了，還影響附近鄰居就不對了。會發臭，會有火災，危害健康。」他打住，直勾勾看著我，我瞪回去。「還有老鼠！滿地老鼠，都跑到我家後院了！真是不負責任，自私又噁心。」

我想起萊緹請我吃午餐，替我泡熱飲，為我打電話，帶我和史林特去雨林兜風；還有我替她填寫自評單時她的神情。她不得不低頭求我幫忙，我記得她開口求助的眼神，記得她在我把一切歸咎給她時的眼神。

奧斯卡滔滔不絕，說什麼不安全、危險、病態。

我握緊史林特的牽繩。「你不知道你在說什麼。」

「我知道，她是個危險人物。」

「她不是，你沒搬過來前，她過得好好的。」

「妳都出事了。」他指著我的腳。

「什麼？」我冷靜地瞪著他，「你這話什麼意思？」

「妳的腳啊，」他又指了一次，「妳在她家受傷。」

「你知道什麼！」

「我就是知道！我看到了，所以告訴我媽——」他說得稀鬆平常。

「你告發我？」

他一臉茫然，我真想迎面揍他一拳。「我才沒告發妳，我告發的人是**她**。」

「原來是**你**害的。」

「什麼我害的？請人去幫一個住垃圾堆裡的臭婆婆清理垃圾是害她？妳不能否認她家嚴重影響健康吧！那種人不該有房子住，我從妳家都聞得到臭味！」

回過神，我的拳頭已經揮出去了。我愣了一下，這才意識到他正摀著鼻子，而我的指關節隱隱發疼。我看著自己的手，紅紅的。我看向奧斯卡，他放下掩面的手，手指沾了血。

「妳打我……」他驚叫得彷彿看到我變成一隻兔子。

他再一次看著自己染血的手。「妳打我！」這一聲少了詫異，多了怒氣。

我不愧疚，但也不笨。

快跑。

等偷偷回到家，天色已經暗了。我們走完整條河濱步道後才折返，我的腳痠得要命，史林特低垂著頭，舌頭掛在外面。我們快步走過奧斯卡家，沒有多看一眼，他家燈火明亮，悄然無聲。我家沒有燈光，但前院看起來還不賴。偷來的椅子上擺放著鮮豔的坐墊，讓院子看起來頗為體面，一眼可以看出主人平日勤於園藝和準時付帳單，乾淨、整齊又溫馨。

我想著當初選擇這些坐墊的人，當他們看著門廊上色彩鮮明的坐墊時是什麼心情？當他們出門發現坐墊不見了又作何感想？這些坐墊讓我們家門廊顯得有人照料，顯得……我思索著用字遣詞：精心設計，就像宜家家居的目錄一樣。有些植栽開始枯萎了，沒關係，我明天再來處理，眼下還有更重要的事。我進屋拿起妳的手機，跑去坐在萊緹家黑壓壓的門廊上。

前院的垃圾車不在，不知道什麼時候又會再來。史林特伸著乾巴巴的舌頭舔我的手。我帶牠到屋旁，打開水龍頭讓牠直接舔著喝，水嘩啦啦流到地上。我透過窗戶往裡看，仍有一股腐臭味透過玻璃鑽進我的鼻孔。屋內一片漆黑，就像我們家一樣，但更加孤寂，整個屋子就像一隻龐大的木頭史林特，耐心等待主人歸來。我打開櫃子，拿出熱水壺和杯子。等史林特喝完水，我把熱水壺裝滿，替自己泡了杯熱巧克力。

一人一狗坐妥，史林特盤據在萊緹的座位前。黃昏悄然無息化為黑夜。我坐在萊緹的椅子上，一邊喝著熱巧克力，一邊看著大街。萊緹就是這種心情吧，也不錯。史林特開始打鼾。有個人影從大街朝這裡走來，我望著她，告訴自己不要緊張。

我沒辦法輕鬆以對，但也不想顯得羞愧。

「妳來幹嘛，小丫頭？」

「等老太婆。」

萊緹哼了一聲，坐到我的椅子上，翹起二郎腿。「那妳坐舒服點，我們要待在這裡好一陣子。」

「什麼？」

「沒什麼。」她傾身摸摸水壺。「還是熱的？」

我聳聳肩。「夠熱了。」

她替自己泡了一杯熱巧克力，我之前看她做過無數次，不知為何這次卻讓我眼角濕潤。湯匙攪拌的聲音吵醒了史林特，牠起身去舔她的手腕。萊緹推開牠的臉。

「聽說妳闖禍啦。」

我喝了一口，吞下肚後開口：「是啊。」我盯著地上看。

萊緹挪動了一下，椅子在萊緹的重量下嘎吱一聲。「該不會跟我有關吧？」

我望著淚水從鼻尖滴落進熱巧克力。妳以前常說加點鹽會讓巧克力更好吃。

「萊緹，對不起。」我說得很小聲，她沉默不語，我知道她聽見了。「我不該說那些話。」

她點點頭。「我知道。」

我看著她，她淺淺一笑。

「我太過分了。」

「至少妳沒打我的鼻子。」

我笑不出來。「妳怎麼知道？」

「他媽去妳家找不到人，就跑來找我。看來，妳跟我被歸到同一夥了。」

我強嚥口水，拚命忍住的淚水奪眶而出，雙唇顫抖。

「他媽應該是要找妳，但妳家沒人，就跑來敲我家的門，要我說出妳們在哪。」

我吸吸鼻子，緊盯杯子。「妳怎麼說？」

「就說妳們兩個都出門去上芭蕾舞課了。」我抬起頭，她衝著我眨了個眼，「大家都說學芭蕾舞的孩子不會變壞呀！」

我無言以對。「謝啦。」

萊緹背靠回椅子上喝飲料。史林特噴口氣，頭靠在她的腿上。她輕搔牠的耳後。我想不出該說些什麼才好。

「我很清楚，她這種女人頑固得很，」萊緹扯了扯嘴角，皮笑肉不笑，「她會回來的，蕾伊。」我感覺得到她在注視我。我看著她搓揉史林特的耳朵。

「萊緹，妳可以打電話給她嗎？」我多想把手伸到口袋去，但我只能緊握著杯子，讓妳的手機留在我的口袋裡。

「我已經跟她說過了。」

「我的意思是——」

「我知道妳想說什麼。」

「可以嗎？」

她嘆息。「也難怪妳會問，我之前幫妳打過兩次電話。」我滿懷希望地點頭。「但這次可能不行，小丫頭。」

「為什麼不行？以前就可以，為什麼這次不行？」

「老實說，我也還在反省之前該不該幫妳。」這次換萊緹不敢正眼看我。「這次不一樣，那女人就住在隔壁，她可不是那種一通電話就敷衍得過去的人。」

「不公平，我幫過妳。」我指著她的屋子。

萊緹點點頭。「是，我很感激妳的幫忙。」我鬆了口氣，微微一笑。「如果妳不是別有目的，有心要趕走那些社會局的人，我會更感激。」她犀利地看了我一眼，我心頭一沉，我就要失去她了。

我昂起下巴，語氣尖銳。「我沒把我受傷的事說出去喔。」

「就跟我剛說的一樣，妳是別有目的，不是為了保護我……」

「可是——」

「還是很謝謝妳的多愁善感就是了。」

「妳自己說她是一個愛管閒事的人。」

「沒錯，但要是問心無愧，也沒什麼好怕的了，不是嗎？」

我不甘心，氣到雙手顫抖。

「不要以為妳的屋子乾淨了，就沒我的事，也不用來保護我了。」

她單眉一挑，眼神讓我一驚。「要保護妳什麼？」

「鏗」的一聲，我重重放下杯子，不肯直視她，我討厭有求於人。

「為什麼不幫我？我都幫妳了。」

「喔，小丫頭，妳很清楚該怎麼做，但不是由我來打那通電話。」

「萊緹，拜託——」

「打電話給妳媽，她需要出面解決這件事。」

我抓著史林特的牽繩，拉牠起身。「還真是謝謝妳喔！」

萊緹點點頭，我氣呼呼地離開，使勁甩上她家的柵欄門，聽聲音，門閂搞不好壞了，誰管她啊。

我不再去想萊緹、奧斯卡或是他討人厭的媽媽。我替自己炒盤麵，加顆煎蛋，餵史林特吃東西，打開暖氣機。當空氣中充滿溫熱的味道，我關掉暖氣，繼續清理廚房。水槽裡全是一道道污痕，我先用洗碗布，再用茶巾去擦，然後從水槽底下拿出白色海棉，一圈圈地刷洗，想把骯髒的不鏽鋼水槽刷得乾乾淨淨。水龍頭落下一滴水，濺起水花，我使勁把水龍頭關得死緊，金屬頭陷入手心。我擦掉水滴，繼續刷洗，直到把污痕轉變成潔淨閃亮。

再怎麼賣力，刷一個水槽也花不了多少時間。房子冷冷清清，我思索要不要回床上睡覺，畢竟我好久沒睡在自己床上了，不曉得床有沒有因為寒冷而變得潮濕。床單會不會發霉？我窩在沙發上，微弱的電視聲肆無忌憚迴盪在四面牆之內，我原以為可以安穩地累癱在沙發上，大功告成、化解危機，但我卻強烈感覺到自己在一個空虛的舞台上，淒涼得令人背脊發寒。我縮著身體，拉起棉被，調大電視聲量。我看著電視，一個衣著光鮮亮麗的大人為了取悅觀眾故意欺負另一個人；我轉台，鯨魚吃了塑膠死亡。老太婆說得對，不用妄想等她來救。我太過依賴她家的門廊和熱飲，忘記我能靠的只有自己。我必須自己解決這件事。

史林特跳上沙發，低頭靠在我的屁股上，口袋裡的手機戳進我的肉。我拿出妳的手機，沒電了。萊緹是不可能打這通電話了。史林特挑高其中一邊毛茸茸的眉毛，我拍拍牠的眉頭。牠是對的，我為什麼不自己來？就算萊緹不幫我，我也可以學她一樣假裝成其他人啊。

第四十三天

星期日

一早起床，我走出家門，「砰」的一聲關上門。頭髮梳理整齊，牙齒乾淨潔白，穿著我自己的冬季大衣，綁好鞋帶，再加上圍巾。史林特在門後嗚嗚叫。我扣好大衣，拍拍口袋，走出柵欄門。

她們家前院沒有我們家整齊，但看得出來花了不少心力。植栽底下的麥稈散落一地，一把抹刀插在花盆裡，上面掛著一隻園藝手套，另一隻掛在旁邊花盆裡的花插上，在我經過時向我擺動。我視而不見，逕直走到門前，堅定地敲了敲門。

「哈囉。」奧斯卡的媽媽前來應門，沒有笑容，但也沒有露出凶巴巴的模樣。屋內的溫暖飄散而出，我聞到吐司、煎蛋和咖啡的香味。

「嗨，呃——」我想不起她的名字，手握得死緊，早知道先預演這一段。

「我叫露西。」

我莫名覺得她會有個葛字開頭的名字。我清清嗓子。「嗨，露西太太。」

她倒是笑了。「叫我露西就好。」我看著她，她收斂笑容。「有什麼事嗎？蕾伊。」

我挺起胸膛，我是有備而來的。「奧斯卡在家嗎？我有話想對他說。」

奧斯卡從門後走出來。狡猾的小老鼠，他一直躲在那裡吧！

我不揚起嘴角，露出一絲苦笑，那種「我真的很對不起」的笑。我看向他瞇起的眼睛。「奧斯卡，我打了你，對不起。」

他不發一語，我等著。他教養好，原本以為可以直接聽到一聲謝謝。沒關係，我早有準備，預想過各種狀況。我深吸一口氣，眼神熱切地直視他的眼睛。「我錯了，打人就是不對，我不該打人。」我低頭盯著自己的鞋子，表現給她媽媽看我有多愧疚，也給奧斯卡一點時間接受我的道歉。他依然沉默不語。我抬眼看他，他瞇起眼死盯著我，揉揉鼻子。我看向他媽媽，她也沒說話。真希望她可以介入一下。我壓下心中的焦慮，伸手探入口袋去拿終極武器。

「為什麼？」

我的手停在口袋裡。「啊？」

「為什麼打我，妳都知道打人是不對的，不該這麼做，為什麼還要打人？」他趾高氣昂的模樣很欠揍，我握緊口袋裡的拳頭，瞪著他。這情況超出我的預期，我再次看看他媽媽，她斜著頭點了點。

「是該給奧斯卡一個合理的解釋，蕾伊。」

我努力保持表情平靜，眼神淡漠，我不能生氣，滿腔怒火只能硬生生往肚裡吞。

因為我脾氣不好，我是個壞孩子，我不像你一樣有個好媽媽——

「因為你討人厭。」我脫口而出，衝著他大罵，奧斯卡倒退半步，爽。

我傾身向前。「你不了解萊緹，一直說她壞話，給她帶來一大堆麻煩，還大言不慚批評她。」我冷靜下來，後退一步，瞥了他媽一眼。她看起來有點羞愧，我刻意壓低聲音，接著說：「我知道她有些問題，但她對我……和我媽很好。」我直視他媽媽的眼睛。「**我媽**說，我應該包容她，尊重她，我不了解她的人生，應該對她多點同情心。而你——」我指著奧斯卡，「你說她又老又髒，覺得她丟臉、危險，取笑她和她的屋子，抱怨這些影響到**你**。我看著一堆人進出她家，丟掉她的東西，我看到她有多焦慮，明明很難受，還是努力想去做對的事。你呢——」我戳著他的胸口，像釘住一隻小昆蟲，一片片拔下他的翅膀。「你居然不當一回事，覺得好玩。」

我看著他的眼睛，他的下巴再也抬不起來。「搞了老半天，原來那些人是你叫來的。你沒有找她聊過，沒有提供任何幫助，就直接告發她。是你害她這麼難過，居然還好意思說她噁心危險，沒資格擁有一棟房子。我一生氣就打了你。」

我激動不已，緩過氣後，才想起我來這裡的目的，盯著自己的腳，平復情緒。我看著他，他彷彿又挨了我一拳，整個人垂頭喪氣。很爽，但又不是真的爽。我放在口袋裡的手捏了一下自己，早知道就帶史林特一起來。我強迫自己正視他的臉。

「我對自己的行為感到很羞愧。」

我說的是實話。他的確活該，但我也好不到哪去。我抬頭，迎向他媽媽的目光，提醒自己來到這裡的目的。把戲演下去。「我媽要我來，她說，我必須登門道歉，而不是覺得丟臉而躲起來。她說得對。」我再次看向奧斯卡，「對不起，我真的很抱歉，奧斯卡。我錯了，我不該打你。」

這不全是謊言，我從口袋拿出我的王牌。「我帶這個送你。」我亮出一本書，「這是我的一點歉意，希望你收下。」我逼自己把書交出去，「這是我最喜歡的其中一本書。」這話倒是真的。

奧斯卡收下書，他看著書。

「妳媽人呢？」露西望向大街，「我以為她會親自來。」

「她要我一人做事一人當。」

她若有所思地點點頭，彷彿記在心裡。妳從來就不是這樣一個好媽媽。

「她還說了什麼？」

我咬著唇。「一個月不准跳芭蕾舞，所以我會錯過表演。」我低頭看著自己的腳。

奧斯卡媽媽一臉擔憂。「也不用那樣——」

「不，我媽說得對，我得付出代價。」

「喔。」我看著一陣潮紅從她的脖子蔓延到臉頰。「當然。」

我藏起笑容，摸摸鼻子。「很難說如果是我被奧斯卡打會怎樣。」我看著手拿書的他。「真的很對不起，奧斯卡。」

露西燦爛一笑。「要不妳留下來玩一會兒吧？」

我正色回絕。「不行，我媽規定我今天去幫萊緹做事，免得又惹禍。」

「不會是要妳進去那棟屋子吧？」

她真是死性不改，奧斯卡是遺傳到她吧！我撫平大衣。「我會朗讀給她聽，都是坐在門廊那裡。」我敷衍地笑了笑，「她的視力大不如前了。」要是被萊緹聽到，不知道她會有什麼反應，我忍住笑意。那老太婆活該。

「那就下次吧，奧斯卡，你說呢？」

「好啊，沒關係。」他不怎麼相信，但她信了。我笑吟吟地道別，興高采烈地走回家，一打開門才意識到一件事：我今天不就得跟萊緹在一起了？不用回頭也知道奧斯卡媽媽正站在門口盯著我看。

史林特看到我開心得不得了，東嗅西嗅，拚命搖尾巴。我讓牠去前院跑一跑，自己則換上妳的外套，穿上運動鞋。

萊緹不在她家門廊，我還是硬著頭皮走過去，提醒自己千萬不能往街道另一頭看。

我猶豫不決，不曉得要先敲門，還是直接坐下來等。以前這個時間她通常都坐在外面，因為家裡沒有多少活動空間，現在不同了，說不定她變成宅在家的老太婆了。史林特噴了口氣，趴伏在她椅子前面。

我敲敲門，門開了，是萊緹，一臉似笑非笑。「沒想到今天早上還會看到妳。」

「是啊。」我聳聳肩。

「有人來敦親睦鄰了，真是好啊。」

我低頭看著自己的腳，我想走了。

「真要命。」萊緹低喃，搔搔自己的後腦，垂下手，嘆道，「小丫頭，我不怪妳昨天對我發飆，換作是我可能也會生氣，但我在做我自認為對的事。」她清清嗓子，「我這麼做是因為我喜歡妳，不是想惹人討厭，好嗎？」

「是啊。」我不敢看她。

「妳是個好孩子，蕾伊，應該要有個比我好的人來照顧妳。」

「妳就很好了。」

她噗哧大笑。「多謝妳的抬舉。」她犀利地盯著我，「但我不會被好聽話糊弄過去。」我知道她接下來要說什麼，我努力裝出一臉不解的表情。「這麼說可能又要氣走妳，但我還是要問，妳打電話給妳母親了嗎？」

「打了。」

她挑了挑眉。「真的？妳跟她說了？」她生性多疑，妳以前也總說我愛疑神疑鬼。

「對，我打了。」我簡直不敢直視她的眼睛，好像在盯著一頭山羊的眼，只是沒有山羊那種詭異的方瞳孔，但一樣咄咄逼人。可愛動物農場常可以看到山羊，牠們是我最喜歡也是最不喜歡的動物。

「妳打電話給在度假會議的她？」

「其實我是聯絡度假會議的人，請他們轉告她回電。」我才沒有上當，萊緹知道媽媽手機在我手上，再說，參加度假會議的人是不允許帶手機的，我在Netflix的豪華旅遊節目裡看過。

「所以是她打電話給妳。」她仔細打量我。

「對，我跟她說大家開始察覺她不在家，她得回來。」

「然後呢？」

「她要回來了。」

「什麼時候？」

「下個星期。」

「下個**星期？」**

「對。」

「老天，總比不回來得好。」她搖搖頭，「真是看不下去。」總算唬過她了，我保持一臉嚴肅。「要是她下星期再不回來，我就打電話給兒童保護機構。」

「她會在家的。」我沒說謊。

萊緹挺直背脊。「最好是。」

我強顏歡笑，下星期的問題留到下星期再說。「現在，我得朗讀給妳聽。」

「說什麼話？多謝了，我自己看就可以。」

「我跟奧斯卡和他媽說，我媽要我上門道歉。」

「真的？」

「要是我有跟我媽提起，她應該會。」我沒說謊。

「哈，我想也是。那跟朗讀有什麼關係？」

「奧斯卡媽媽留我在她家玩，所以我說我得來妳家朗讀……」我不由得嘴角失守，

「因為妳視力退化。」

「妳說什麼？」

「糟到跟蝙蝠一樣看不清楚。」

「妳這個厚臉皮的小老鼠，這下在她心裡我更沒用了。」她不滿地看著我，「妳故意的。」

我甜甜一笑。「妳活該。妳也沒生氣啊。」

她後退一步，雙手插腰。「我沒生氣？」

「對。」

「妳又知道了？」

「因為妳在笑。」

「不是因為妳，這是肌肉記憶，妳讓我聯想到某個人。」

「誰？」

「不關妳的事。」萊緹看向街道，板起臉，「妳先進來吧，那些籬笆可都長了眼睛。」

我知道她家破破爛爛又臭氣熏天，但沒想到可以清得這麼乾淨。

萊緹看著我走進屋內。「這是妳第一次看見這四面牆吧？」

我看著牆壁上斑駁的螺旋狀壁紙。有些東西看起來像活的，我湊近看，可能是我看錯了吧。我跨過一個貓型汙漬。萊緹注意到我的視線，臉上閃過一絲悲傷。她手一揮，向我展示那些曾經堆積如山的空間，留在壁紙上的印記依然清晰可見，空氣飄散著溫熱的塵埃，彷彿那些東西都憑空蒸發，而不是被穿白色工作服、戴紙口罩的人清走。

「他們說要把那些壁紙都換掉，這我倒是不難過，粉刷也會有幫助——」她擺擺手，「可以解決掉那些……都沾在壁紙、地毯、地板等等之類的地方了。」她盯著地上特別烏黑的一塊。「我是說那些臭味。那塊可以先打磨，再拋光。」

本來還那麼難堪不捨，一下子就變得實事求是，一副無所謂的樣子，都快讓人搞不清哪一個才是真實的她，也許都是，她本人簡直就像用放映機播放的老電影。

三個書櫃立在其中一面牆前，我走過去。「我要朗讀哪一本好呢？」

萊緹聳聳肩。「他們把我的雜誌和報紙全丟了。」

我想起之前幫她丟報紙的情況。「不會吧。」

她苦笑，走向第一個書櫃。我納悶那一個該不會就是壓垮她的書櫃吧。我看向窗戶底下的椅子，一旁還擺放了一張小茶几。

萊緹朝那張茶几點點頭。「清潔人員放的，是新的，二手品。我不能留下舊家具。」

我盯著那張茶几。「這裡不是妳的臥室嗎？」

「是，也不是。」

「什麼意思？」

「意思是我睡這裡，因為原本的臥室沒地方睡了。」

「喔。」

「那一間現在清空了，他們還放了一張新床。」

「很好嘛。」

「是啊。」

我們看著書櫃上陳列整齊的書籍，空間都被佔滿了。她的手指畫過一本本書背，我趁機環顧四周，空間比我想像中要大，倒也沒什麼好意外就是了。

萊緹抽出幾本書翻了翻，遞給我一本。「這本應該滿適合妳這個年紀的小孩子讀。」

我看了幾眼，書很舊，明顯是本給兒童閱讀的書。封面是一個小女孩和一匹馬。搞不好是她女兒的書。我翻了一下，書頁的味道一下子把我帶回到發現萊緹被書櫃壓在下面的那一天，濃濃的腐臭味、屎味和油味。

萊緹注意到我的反應，一臉難過。

「書也被我毀了，原本放在書櫃就是為了保護這些書。」

「沒關係，拿出去曬一下味道就會散了。」

萊緹搖搖頭。「散不掉，紙一沾上味道就沒救了。」她張開雙手伸進一排書後。「看樣子全都得丟了。」我以為她會把書掃到地上，結果她只是站在那裡，像是在擁抱那些書一樣。

「試試看嘛？」我提議，「拿出去外面透透氣？再撒點尤加利精油？」

萊緹嘆道：「有意義嗎？」

我看著書櫃。屋子裡唯一擺放整齊的舊物品就是這些小朋友看的書了，而且是小女孩看的。當人一無所有時，就會收藏這類物品作為紀念。我感覺到妳寬大的外套溫暖地包覆著我。

「有。」我從書櫃上抱起一疊書，「來吧，試一下又不會怎樣。」我走到屋外，把書一一攤開，書背朝上，放在門廊地板上。書頁像兩隻張開的腳，撐出一個小空間讓空氣得以流通。

我不得不把史林特的牽繩綁在萊緹的椅子上，免得牠撞倒書，我猜牠應該是覺得這個味道很好聞吧。大功告成後，書幾乎擺滿整個前門廊，我們留出一條可以走向椅子的小通道，那塊地方我沒擺書。光一本的味道就夠難受了，我不想整個人還被書包圍。

一本本的書像走了很久的路，一一癱倒在地上。不是每一本都是書背向上，有幾本的書頁迎風飄動，有幾本像扇子一樣朝向大街立著。比較小本的書必須特殊處理，用硬殼封面邊緣去壓住頁面，看起來宛如一窩睡在一起的長方形貓咪，在微風中輕擺灰塵滿布的老尾巴和鬍鬚。

「不錯嘛。」萊緹坐在她的椅子上，轉頭看向奧斯卡和他媽媽，兩人戴著園藝手套，在自家的綠化帶上除草。

「很細心。」她回頭看我，「妳要從哪一本開始讀？」

「就這一本如何？」我拿起萊緹一開始遞給我的書，那本有小女孩和馬匹的書。

「啊，」萊緹點點頭，「那是菈娜最喜歡的一本。」

「菈娜是妳女兒？」

「是。」

「她怎麼了？」

「她死了。」

萊緹非常靜默，不像過去兩人同坐時那樣東張西望，泡茶，動動腳趾或搔搔史林特。我看著手中的書，問怎麼死的會不會太唐突了。我看還是直接讀好了。

我翻開第一頁。

「我跟妳提過，她十一歲。」

我點點頭，手指比著故事開頭，我要等她繼續說呢？還是我可以開始讀了？她的目光飄向遠方，皺著臉，嘴角隨歲月流逝而下垂。她始終看著我的背後，我轉頭查看，只有門。我回頭看著書頁上的文字。

「是感冒。難以置信吧？照理說，一個十一歲的小孩得了感冒很快就會好了。我以為她好轉了，明明症狀都減輕了，卻突然間又開始高燒，咳得好厲害。我按照醫生囑咐，讓她多休息、多喝水、吃普拿疼，一點用也沒有，等到我叫救護車時已經太晚了。一點小感冒就拉著孩子去醫院，別人會覺得你大驚小怪，當媽媽的要放輕鬆，不要太神經質，過度反應。我當時想，她看起來好多了，雖然有點復燒——可能是我太早讓她下床的關係。」她拔掉幾根格紋棉褲上脫落的絨毛。「她燒得很嚴重，神智不清，我趕緊打電話給醫生。醫生說他手術完後會來一趟，我索性直接叫救護車，我知道她狀況很不好。我早該叫救護車了。他們也問了我同樣的問題：妳為什麼不早點叫救護車？我學到教訓，反正怎麼做都是錯的，我一開始就該叫救護車。」她放開褲子，改摳手指，「但也沒用了。」

她望著我。「她愛看書。」一瞬間，她的眼角抽動了一下，快得讓我懷疑是我眼花了。「我實在沒辦法扔了這些書。」

我轉身去看背後地上那些書，認識她這麼久，這一刻，我才開始了解她。

「妳兒子呢？」

她莞爾一笑。「克里斯不怎麼看書，他喜歡蓋東西。」

「我不是這個意思——」

「喔，」她點頭，「妳指那段日子克里斯怎麼樣了。」

「對。」

「她走後，家的氣氛就不再和諧了。他爸離開我們，我自己也失魂落魄。我人雖然在，但心……不在。我走不了，但又沒辦法活在當下。我緊緊地看住他，但不是因為他是他，而是我只剩他一個人了，他是我的一切。他也知道，所以他拚了命讀書，跑到雪梨讀大學後就再也沒回來。他早就想離家了，這不怪他。」

「他替妳買了車啊。」

「是啊。」她微微一笑，望向路邊那台閃亮的白色轎車，「他送我一台車，每年生日有水果籃，母親節是鮮花，新年是氣球和香檳。」

「他送妳氣球？」

「是啊，都在那裡——」她笑盈盈地指著屋內，隨即回神，「曾經在那裡。」她戳著自己的手背，看著我，一樣的笑容，卻沒了笑意：唇角下垂，而不是上揚。「一個離譜大禮物，裝了一些亮晶晶的東西。我應該早點發現的，他是個很有幽默感的孩子。」她摳著指甲。「算了。」

「妳會見到他嗎？」

「偶爾，在我生日的時候；菈娜的生日則會打電話。他來城裡的時候，會帶我出去吃午餐。他很貼心，只是不想回家。」

「屋子變乾淨了，說不定他現在願意回家了。」

萊緹依舊是那副似笑非笑的表情。「沒差，小丫頭，那不是他不回家的原因。」她別開視線，「他沒回來是因為菈娜死後，一切都變了。家具沒變，味道也是一樣，但再也不是那個家了，就只是間屋子。妳應該聽不太懂吧。」

我動彈不得。我想告訴她，告訴她我懂，告訴她我們家也因為妳而不存在了，溫暖的人物不見之後，瞬間凋零成一個脆弱的空殼。每當我醒來，感受到的是一股強烈的空虛。當我聽見繩子窸窣聲，看到妳懸空的腳，房子彷彿在我身後炸開來，然而它還在。我被抽掉了靈魂，卻裝作若無其事，繼續生活在一個空殼裡，唯一真實的只有史林特溫暖的身軀。

我看著她，但她避開我的眼神，逕自把玩著袖子上的線頭，我看得出來她正在扭動被史林特壓在底下的腳趾，因為牠緩緩轉動尾巴，後腳抖動，每當有人搔牠的肚子，牠就是這副模樣。

我想說點什麼，卻感到口乾舌燥，呼吸急促溫熱。我能怎麼說？說**我懂**？然後呢？

說出妳在哪？她抬眼對上我的視線。史林特坐起身，巴巴盼望著有人能多拍拍牠。我閉上嘴，低頭看書，假裝尋找故事的開頭。

現在不是朗讀的時機，但我一句話也說不出口，即便我有心，也不確定能讀得出來。我想起偷來的坐墊、植栽、那些在我心中反覆琢磨到發光的記憶和語詞。是這麼回事嗎？但這不是我要的。我低頭看書，唯一的聲音是史林特啪滋啪滋舔著肚子的聲音。

萊緹拍了一下大腿。

「該來喝點熱飲了。妳準備好要讀了嗎？我去裝水，妳可以開始了。」

「萊緹？」

「什麼？」

我屏息，然後臨陣退縮。「屋裡的水壺不是可以用了嗎？」

她拿水壺的手停在半空中。

「是可以，」她聳聳肩，依舊走到屋旁去裝水，「習慣了。」

我點點頭，眼前的文字變得矇矓。我懂。

為人朗讀不失為一個殺時間的好方法。以前我生病，或是害怕新房間裡的黑暗和陌生味道，妳會讀書給我聽，也會念跟馬有關的故事給我聽：馬術表演的馬兒跋山涉水遠離戰火。我都快忘了。妳會模仿各種聲音，讀到精彩處，語氣就跟著激動；一進到恐怖的情節，會壓低聲音，放慢速度。當我一把抱住妳的大腿，妳會停下來，對我眨眨眼。

我不會模仿聲音，萊緹坐在椅上，一邊眺望大街，一邊聆聽。她替我泡了好多熱巧克力，我不得不常常中斷朗讀跑回家尿尿。她說我可以使用她家剛打掃乾淨的浴室，但我知道那間浴室之前的樣子，我寧願用自己家的。

萊緹聳聳肩，等我回來。她掰開從賽頓商店買來的餅乾，這一次是甜甜的起司餅乾。她端出水果，搭配餅乾就是我們兩人的午餐。她還餵了史林特吃豬耳朵，牠湊在她腳旁把豬耳朵嚼得稀巴爛。

到了傍晚，我們讀完大部分的書。故事愈來愈精彩——我讀得入迷，萊緹望著遠方——渾然不覺露西已經走到我們面前。

「好看嗎？」

我驟然打住，萊緹覷了她一眼。

「抱歉，我無意打斷，兩位似乎都沉浸在故事裡了。」她笑得熱絡，我都懵了。

「有事嗎？」萊緹抿著嘴逼出一抹笑容。

「我有話想跟蕾伊說。」

「妳走吧。」萊緹點點頭，背靠回椅上，雙手疊在大腿，直勾勾看著她。

露西尷尬一笑，沒有走人，而是轉向我。「我想跟妳媽聊一聊，她現在在家嗎？」

書頁從我指間滑落，朗讀、餅乾和熱巧克力帶來的好心情瞬間煙消雲散，緊接而來的是一股寒意。她和奧斯卡一整天都待在院子裡，她一定知道我家整天除了我之外，沒人進出。她故意的。

我坦承：「她在。」

「那好。」露西微笑著轉向我們家。胃裡的餅乾和熱巧克力一湧而上，我嚥了下去，絞盡腦汁。我能怎麼說？

「妳別想踏進去一步。」說話的是萊緹，口吻跟命令那位社會局女士時一模一樣。

露西打住腳步。「妳說什麼？」

「那可憐的女人累壞了，需要好好休息。」

「她病了？」露西歪著頭，眉頭緊鎖。她接下來搞不好會端湯去敲我們家的門。萊緹在搞什麼？根本弄巧成拙啊！

「她好得跟頭牛一樣，但她一整個禮拜都在熬夜跟美國客戶開會，幾乎沒怎麼睡。

要我說，開會訂在那種時間真是太誇張了，但公司有海外業務就是這樣。職場家長面對全球化真是吃力，不是嗎？」萊緹搖搖頭。

「真可憐，她一定累壞了。」她瞄了我一眼，「她是做什麼工作啊？」

萊緹哈哈大笑。「我怎麼知道？我又不懂那些什麼虛擬數位的玩意！」我看傻眼。她從女強人模式行雲流水轉換成笨老人模式，我簡直要欣賞起她來了。

「好，那我就不打擾她了。」她轉而盯著我，「蕾伊，可以麻煩妳轉達妳媽，等她有空，我想找她談一談。」

萊緹清清嗓子，看了我一眼。我閉上嘴巴。

「當然，我請她聯絡妳好了？她下個禮拜還有一堆工作。」

露西微微一笑。「那就好。」她從口袋拿出一張名片，「這是我的電話號碼。」

我起身去接名片時，書滑落到地面。「謝謝，我會給她的。」

「妳能來為萊緹朗讀真好。」

「是啊，她是個好孩子。我喜歡讀書，可惜我的眼睛……」萊緹聳聳肩。

「妳不是還在開車？」

萊緹微微一笑，她很樂在其中。「只有白天，還要靠輔助。」她從口袋拿出黃色眼鏡戴在鼻梁上。「看書就不一樣，字小的書看得很吃力，字大的書又很重。」

露西點點頭，揮手離開了。

萊緹拿走我手中的名片。「妳差點搞砸了，小丫頭。」她輕吹一聲口哨，看著小卡。

「什麼？」

她亮出名片：**露西．蓋德斯，衛生公共服務部，兒童保護行動中心主任**。

我撿起書後坐妥，雙手顫抖，找到剛才讀到一半的頁數，看著書讓自己平靜下來。

萊緹把名片收進自己外套口袋，背靠回椅上，對我眨了眨眼。

我盯著手中的書，這是她女兒最愛的一本書。

「萊緹？」

「什麼事？」

「之前我說妳像蝙蝠一樣看不清楚時，妳笑了……」

「那又怎樣？」

「是因為我讓妳想起菈娜了嗎？」

她嗤之以鼻。「不是，妳這個笨蛋。是因為妳讓我想起我自己。」

我意外地挺能接受這個答案。

第四十四天

星期一

一大早六點半開始，隔壁就乒乒乓乓吵個不停。我放史林特出去尿尿拉屎，順便把牠的碗添了狗糧後放在外面，我打算就讓牠留在後院跑來跑去，其他人就會看到牠，以及整理過後的花園。我在籬笆旁多倒了兩堆骨血肥料，這原本是好點子，但史林特一直撲過去嗅來嗅去，打噴嚏，尾巴晃得簡直都要飛起來了。牠要不把肥料噴得到處都是，要不就是把所有植物挖出來。我盯著牠一會兒，我花了那麼多工夫整理好的耶！不過，家裡有狗，花園會坑坑巴巴也是正常的吧。牠居然連我關門都沒發現。

我提早抵達學校。我帶了午餐，寫好了功課，我笑笑地低著頭，保持好學生形象直到放學鐘響。

我快步經過奧斯卡家：筆直看向前方，腳不停歇。走到家門口，我停下腳步。萊緹家門廊上有人，穿著白色工作服，拿著高壓水管對著院子灑水。我納悶他們打掃的順序是怎麼排的，萊緹家唯一乾淨的地方就是門廊。沒看到萊緹，倒是可以聽見她家裡有大型吸塵器的聲音。我一回到家就直接到後院找史林特，牠渾身又臭又髒，一看到我就搖著屁股，想撲上來舔我。我推開他，探頭朝籬笆後面看。

萊緹家的家具整齊地堆放在後院，用防水布蓋住。從形狀來判斷，我猜是那三個書櫃、前廳的椅子和茶几，兩張椅子、幾個箱子和一張床。後門堆了幾個塑膠收納箱。萊緹坐在其中一張門廊椅上，我看了幾眼，只有她一個，沒看到那些白色工作服的人。

她朝我揮揮手。

「妳在幹嘛？」

「看不就知道？我坐在椅子上啊。」

我翻翻白眼。「妳幹嘛坐在那裡？」

她環顧四周。「不覺得看起來很棒嗎？」

我看著她家後院，她說得沒錯。叢生的雜草被修剪到只剩兩三公分，滿地都是一堆堆潮濕的草堆，當中甚至擺了一個跟小孩差不多大小的鳥盆。空氣中瀰漫一股濃濃的新鮮割草味，以及屋內飄出的氣味。我攀附在籬笆上，暗自慶幸。再加上骨血肥料，足以掩蓋過其他味道了。

「那些家具怎麼都擺到外面來了？」

「家裡在大整修。他們洗掉壁紙，重新上了一層漆，現在要上第二層。用的還是乳膠漆，我現在有橡膠牆面喔！他們還出動打磨機，可以一邊吸塵一邊磨地，一點都不會揚塵，油漆和打磨同時進行。」她搖搖頭。「他們打算在下午離開前，先做好第一層密封膠。」

「大工程耶。」

「是啊，他們已經忙了一整天。因為化學味很重，需要一陣子才能散去，我搞不好得待在這一整晚了。」

「喔。」我正要說話，一個穿白色工作服戴口罩的人從後門探出頭，我一溜煙爬下籬笆，遠離他們。

史林特跑來嗅我的腳，我昨天沒帶牠去散步。我聞了聞，並不想太靠近牠，沒必要的話也無意在後院逗留太久。「我才不要再幫你洗一次澡。」牠把鼻子湊近我的褲襠。「這是你自找的喔。」

我繫上牠的牽繩，走出前門，把牽繩勾在側邊籬笆上，打開水管。被人看到還以為我想殺狗哩。我朝牠狠狠地沖水，幾個拉下口罩的清潔人員停下來看，咧著嘴笑。我僵硬地回以一笑，加快動作。史林特等到我解開掛在籬笆上的牽繩後才晃動身體甩水。隔壁傳來同情的笑聲，這下我跟牠都濕了，而且有點臭，還變成眾人焦點。我拉著牠走出柵欄門，經過奧斯卡和他媽媽時，他們正在停車。我假裝沒看到，筆直走向狗狗公園。黑暗老鼠開心地啃蝕著我的肚子。

狗狗公園空無一人，我放任史林特到處跑，自己找了一個陽光曬得到的角落坐下來看，不想去面對即將到來的厄運。還有一個星期，甚至不到，我就要被巨輪給輾過了。頂多撐到星期天，萊緹就會親自打電話聯絡妳了，更別提還有到處打探的露西、戶外教學、帳單和租金。我背靠在鐵絲網上。我好累，累到只要一閉上眼睛，就會向後倒，跟鐵絲網融為一體。我揉揉眼睛，努力保持清醒。在這裡瞇一下會不會太顯眼？就小睡一下。

史林特蹦蹦跳跳跑過來，氣喘吁吁，而且好臭，但至少已經乾了。車子陸續靠邊停車，車上載著剛放學的孩子和狗狗，要趁著晚餐前的空檔來玩耍。我撐著站起來，扣上史林特的牽繩，往河邊走去。

一人一狗坐下來眺望河面。棧橋上有個老先生在釣魚，身旁放著一個桶子，看他幾乎沒什麼動，應該是沒魚上鉤，那個桶子大概是空的吧。貨櫃碼頭熙熙攘攘，有跨載機轟隆隆的作業聲和倒車時的示警聲，把一個個貨櫃搬起，又轟隆隆地卸下。剛搬到這裡的時候，半夜經常被這種聲音吵醒。每天晚上，聽著乒乒乓乓的施工聲、修建聲，我怕得要命，跑到妳的床上，鑽進妳的手臂底下。妳會醒來，然後嘆氣。有一晚，妳大發雷霆，要我滾回自己床上，別再去吵妳。我想解釋，妳卻把我的枕頭扔出門外，對著我大吼大叫，街燈透過門簾縫照在妳猙獰的臉龐上，我可以看見從妳舌尖齒縫中飛濺而出的口水。

我回到房間，用枕頭蓋住頭。我不敢聽那些聲音，但我更怕吵醒妳。我睡不著，幾個小時後，妳躺到我身旁，問我為什麼一直去吵妳。我怕到不敢說，但妳已經知道了。天還沒亮，妳帶我來到這裡，我們穿著睡衣和運動鞋，我就像剛被妳罵一樣害怕。接著，妳解釋這些聲音是怎麼回事。我看到工人彷彿勤奮的蜂群般不停工作，一天二十四小時，全年無休，就連聖誕節也沒停工。

後來，我就能睡著了。每當我在半夜醒來，聽到貨櫃場和貨櫃碼頭的熙攘嘈雜聲，就能想像跨載機又在忙進忙出地搬運東西。每個人都在忙碌，整個世界都在忙碌，只要我低著頭，沒人會多看我一眼。就像現在：我、史林特，以及在那邊釣魚的老人。我們緊鄰著一片喧囂坐著，彷彿透明人一般，可以無視周圍來去的人。

我凝視著漁夫，想起妳。妳牽著我的手，兩個人就在這裡。那個時候，我以為妳頂多就是衝著我大吼，往牆上扔東西，或待在自己床上一整個星期，宛如鬼魅。就像那個老人，他上星期在這裡，明天也會在；一個人孤單地釣魚，渾然不覺其他人的存在，像是我們、司機、漁夫、工人和小朋友這樣真實的人。數千年前，這裡還是一片沼澤、草原和河流，曾經存在的人們站在這裡茫然眺望河面，就像我現在一樣，穿著睡衣，牽著妳的手，然後妳握緊我的手說：*看吧，沒什麼好怕的。*

老人捲起魚線，檢查魚餌，然後再次拋出去。夜色逐漸漫過河面，直到寒意上身，才發覺天色暗了。光線彷彿一下子被吸走，瞬間就天黑了。我往後看，西邊地平線上烏雲密布，風雨就要來了。

一陣風把老人的桶子吹進河裡。

該走了。

奧斯卡坐在我們家前門階梯上，我繞過他走上門廊。史林特舔了他一下，奧斯卡伸手要去拍拍牠，聞到牠身上的味道，立刻縮手。我暗自竊笑，看著他；他看向我，手裡拿著我的書。

我等他開口，他也在等。我們稱不上是朋友，也不能不算朋友。

「謝謝妳的書。」他遞出書。

我看著熟悉的封面。「你留著吧，是禮物。」

我握住口袋裡的鑰匙，盤算著怎麼送客。

「很有趣的書，我喜歡。」他笑著說。

「好歹是本世紀的人寫的書。」

他的笑容不見了，一臉像被踢了一腳的小狗。該死。我看向他家，窗戶透出的光照亮黑暗中的樹枝。我重新看向奧斯卡，他坐在階梯上，拿著我的書，一臉難過。

「你喜歡就好。對不起，打了你的臉。」我瞄了書一眼。「你都讀完了。」

「是啊。」

「你不睡覺的啊？」

「有好看的書就不睡。」

我明白。他再次把書遞過來。「我說你可以留著。」

「沒關係，我讀完了。這是一本特別的書吧，我了解。」他翻到書名頁給我看。他不用這麼做——我知道上面寫什麼。親愛的蕾伊，我最勇敢的女孩，十歲生日快樂。愛妳的媽咪。一旦寫成文字，意義就不同了。

「並不特別。」

「妳說不是就不是囉。」他從階梯站起身，指著其中一張椅子，示意：我可以坐吧？然後就坐下來了。

我放開口袋裡的鑰匙，一陣風颳起，「砰」的一聲關上柵欄門，隨即停止，留下搖晃晃的籬笆。這時最好的應對就是保持友善的距離，只要他不要逗留太久就好。我聳聳肩，坐在另一張椅子上。我好像變成萊緹的角色了，得替他泡杯熱巧克力嗎？

他聞了聞。「那是什麼味道？」

「骨血肥料。」

「喔，我還以為是——」他的視線飄向萊緹家。

「你們家不是也有種菜？」

「我們用雞糞肥。」

「用什麼？」

「用雞糞幫蔬菜施肥，是有機的喔！」

「你們吃用雞糞種出來的菜，卻檢舉別人家會臭。」

他哈哈大笑，我傻了，我是在酸他耶！

「妳媽都在工作。」這不是問句，是一句陳述。

「是啊。」

「妳不寂寞嗎？」

「不會。」

「我不是那個意思……我只是，我是說，我會喔，有時候會有一點點寂寞。」

「家裡有爸媽，每天有人送你上下課，還要整理花園的你會寂寞？」

他聳聳肩，盯著自己的腳。「學校朋友都不住在附近。」他抬頭，「有空的時候可不可以陪我出去玩？去公園也好。」

沒想到他會這麼問。

「我們一起去遛狗？或是踢球……之類的？」

放學後，跟年紀相仿的人一起打發時間是什麼感覺？他會想到我家玩，是以為妳在家吧？

「我不想一直待在家，我媽人很好，可是她下午都會把工作帶回家，我爸每天都很晚下班。妳懂吧？畢竟妳媽也是那樣。要是能出去玩一下就好了，對不對？」

我瞪著他，他以為我們是同類嗎？

「我可以跟我媽說我們是朋友，妳媽有問我要不要過去玩，這樣她就不會一天到晚老想去找妳媽說話了。」

他不笨嘛。

我感覺自己臉都僵硬了。「我得問問我媽。」

他樂不可支，彷彿我給出了承諾，拿起其中一個我偷來的坐墊。「這個好舒服。」

我聳聳肩。

萊緹家傳來「咚」的一聲，我們不約而同轉頭去看。兩名清潔人員搬著大型地板打磨機走出前門。另外兩個人帶著桶子和類似拖把的東西進進出出。他們一定是去替地板上密封膠。

萊緹走出門，門廊的椅子和櫃子都歸位了。

她朝我點點頭。「小丫頭。」

「老太婆。」

她看到奧斯卡，然後背對我們坐下。那名把打磨機搬出來的清潔人員坐到她旁邊，抽出香菸，打火機動不動就被風吹熄，他試了幾次才點燃香菸。萊緹替他泡了一杯茶。除了我，我從沒看過她泡茶給別人喝。

我轉頭，正好對上奧斯卡看我的視線。

「妳可以叫她老太婆，我說一下她都不行？」

因為她是我的。我沒說出口。

「因為尊敬，好嗎？她和我是可以互開玩笑的關係，這樣叫是親暱，但你說那些話很難聽。」街燈亮起。「你該回家了吧？」

他文風不動。「我媽知道我在這裡。」

我想也是。

「萊緹，第一層做完了。」三名清潔人員走出前門，中間那人對萊緹說話，另外兩個把工具搬上貨車。「六個小時內不能踏上去。明天早上七點半，我們會再來替牆壁上最後一層漆，接著完成地板。一切順利的話，明天傍晚前，地板和牆壁就會乾了，家具就能搬回去。」

「那我的家具——」又是那副咄咄逼人的口吻，看來比起那個有茶喝的人，萊緹比較不喜歡這個人。我嘴角上揚。

「我們已經堆在後門廊，用防水布蓋住。」萊緹閉上嘴。「還新添了洗衣機和其他東西。」

「好喔。」她含笑點頭。我目瞪口呆地看著這一幕。

抽菸的人把茶渣往門廊外倒掉，踩熄香菸，把菸屁股扔進垃圾桶。

「妳今晚有地方過夜嗎？」

「當然。」她犀利地看了他一眼，「不然這大冷天的，你以為我要睡在外面門廊上嗎？」

「那就好，這該死的天氣好像要變糟了。明天早上見囉！」他跟其他人一起準備上貨車。

「好，明天見，孩子都在看，說話注意點。」她頭也不回地指向我和奧斯卡。

「抱歉。」

她揮手打發他們，繼續喝自己的茶。

風勢愈來愈大，寒風颼颼，冰冷刺骨。奧斯卡站起身。「我得走了。」

「掰掰。」他一臉有話要說，但我直接起身進屋。

他走了之後，我打開前門，開啟門廊燈。他把書放在椅子上。我看著隔壁坐在椅子上的萊緹，她穿大衣戴手套，大腿蓋著毯子，正在喝茶。

風聲太大，我扯開嗓子大喊：「妳該不會要待在那裡一整晚吧？」

她嗤之以鼻。「為什麼不可以？我有溫暖的外套。」

我不假思索，脫口而出：「今天晚上要不要來我家？」

我很畏懼，但又不那麼討厭這個提議。

萊緹揮手拒絕，我站在門前猶豫，是要不管她自己進屋去，還是再追問一次。紫青色的雷雨雲裂開，強勁猛烈的大風吹得窗戶格格作響，細雨斜打，吹翻了坐墊，淋溼我的書。我撿起書放進口袋。

我看向萊緹，雨打在她的臉上。

「來吧。」

「妳快進去。」她揮手要我進屋，無視滑落臉頰的雨，喝了一口茶。

「萊緹。」

「我沒事！」她大叫著好讓我聽見。

「妳都濕了。」

「沒關係。」

「有關係！」我這下真的用吼的了。

她望向大街。「好啦，別大呼小叫！」

就這樣，除了妳，第一次有大人踏進我們家：溼答答、固執、脾氣壞。看來，進來我們家的都是同一種人呢。

萊緹渾身濕透，我給了她一條大毛巾和擦臉毛巾，另外從櫃子裡拿出一罐沐浴乳。她本來還一臉不高興，聞到味道後就改變主意了。我推她進浴室，隔著門大喊，告訴她洗髮精的位置。

「我不是瞎子，我看到了。」

聽到淋浴的聲音，我多等了幾分鐘，然後溜進去拿她扔在地上的衣服。我把衣服丟進洗衣機，用了比平常更多的洗衣粉下去洗。我從妳的衣物裡挑了些運動褲、T恤、套頭衫，兩條褲子和幾雙溫暖的襪子。我拿起妳的胸罩，思索著要怎麼知道萊緹合不合身。我拉了拉胸罩，去想萊緹罩杯大小也太奇怪了，我改拿一件運動背心。

我把衣服摺疊整齊，放進浴室門後，接著去添滿所有的擴香機。史林特像個興奮的孩子跟前跟後，從那天以後，家裡好久沒這麼熱鬧了。牠還是有點臭，我在洗衣房裡找到妳去年冬天買的寵物狗專用除臭膏。打開來一聞，比牠好聞多了。看了一下說明，只要擦上去就好。我用掉一大罐，又把牠的毛梳得柔順發亮，牠開心極了，滿足地趴在廚房地上，我則把地上的毛髮都掃一掃。

萊緹還在洗澡，我把一大把史林特的毛髮丟進廚房垃圾桶。晚餐時間到了，該給她吃點什麼好呢？泡麵加顆煎蛋？我搜了搜櫥櫃和冰箱，拿出幾顆蛋、奶油、一顆有點過熟的番茄和幾朵皺巴巴的香菇。我餵過史林特，開燈開暖氣，如果妳就快回家，我還會這樣擔心電費嗎？我在內心嘀咕：我擔什麼心？反正我也束手無策。

我看著堆在長椅上的食材，做不了決定。

洗澡聲停了。

「我的衣服呢？」聲音聽起來挺火大的。史林特一股腦兒從地上爬起，衝到浴室外吠叫。我跟在後面，透過門吼回去。

「都丟洗衣機洗了，洗完了再拿去烘乾。」我怎麼偏偏在這節骨眼還增加用電量？

「那我要穿什麼？」她還在生氣，但至少聲音緩和了一些。

「我放在浴室裡了。」

一陣靜默，接著傳來吹風機的聲音。

萊緹走進廚房，兩頰緋紅，頭髮蓬鬆。

妳的運動褲對她來說有點長，她把褲管和袖子都捲起來。衣服穿在她身上和妳身上感覺截然不同，不像是同一件衣服。我鬆了口氣。

萊緹東張西望，吸吸鼻子。「怎麼會有橘子和肉桂的味道？」

「是擴香機。屋子有點潮濕，用來掩蓋一下味道。」

「嗯。」萊緹聞了聞，就要往後門走。

「妳餓了嗎？」我一手拿著一包泡麵，一手拿著冰箱裡最後一包冷凍千層麵。

「不用這麼大聲。」她轉身看著我手上的東西。「妳該不會打算餵我吃那玩意吧！」一個直到兩天前都沒有廚房可以用的女人居然好意思這麼說。「別露出那種表情，既然妳留我過夜，那我就煮一餐給妳吃。」

有那麼兩秒鐘，我本來想要拒絕。

萊緹從容地在廚房裡轉來轉去，開抽屜，找東西，測試烤箱和瓦斯爐。

「櫃子裡沒多少東西。」她打開後院的燈，看著大雨中的院子。「妳們家有彩虹甜菜啊。」

我還來不及阻止，她已經拿著刀子走出去。我呆若木雞，看著門外。

「唉唷，外面好臭。骨血肥也放太多了，幸好下雨了，不然妳家草地都要枯光了。」

她站在屋簷下，身上滴著水，手裡抓著一把甜菜，望著整個後院，再次聞了聞。

「可能有一隻負鼠死在倉庫裡。」她正要走過去，「搞不好不止一隻。」

「**不能去！**」我放聲大叫。

萊緹詫異地打住腳步。

我不要她接近倉庫，我要她回到屋內。「別走過去，妳會踩壞東西的。」我說，聲音裡有掩不住的驚慌。萊緹瞪著我，手裡仍拿著刀子和甜菜。我泫然欲泣，強忍情緒。

「我也聞過妳家有多臭，就別多說什麼了。」

「說得也是。」她瞄了我一眼，回到屋內。

她在水槽洗甜菜，我坐在廚房椅凳上，屁股壓著雙手，直到手不再顫抖。萊緹不時偷偷查看我，我慢慢緩和呼吸。

「好！」她開始大顯身手，切菜、炒菜、使喚我。

「東西在哪？」

「去拿——」

「有沒有——」

廚房忙碌紛亂，充斥著油煙和香味。萊緹耳際的頭髮捲起，雙頰通紅。她抬頭，發現我在看她。「妳笑什麼？」

「沒想到妳會煮菜。」

萊緹看了我一會兒。「真不知道是該笑妳還是該打妳。」她搖搖頭，「拿去，幫點忙！」她把一盒蛋塞給我，「打四個蛋到碗裡。」她犀利地瞥了我一眼，「別掉了蛋殼啊。」

她到冰箱翻找。「有沒有瑞可達起司？酸奶油？」

「沒有。」

「搞什麼？妳們是靠泡麵過日子嗎？」

我充耳不聞，把蛋打進碗裡。

萊緹看著我。「不錯嘛，還有救。」

萊緹堅持要在餐桌用餐，指揮我擺好餐具，水杯一定要放在叉子前面。這個女人自己住在髒到可怕的屋子，只好整天窩在門廊上，居然教訓起我的餐桌禮儀。

用甜菜炒洋蔥做的義大利煎蛋很好吃，非常好吃。我吃得一乾二淨，以前怎麼沒想過吃自己種的菜呢？

我洗碗，萊緹擦乾碗盤，接著就坐在沙發上一起看電視，史林特窩在我們兩人中間。

「妳讓狗坐沙發？」

「是啊。」我學妳那**不容分說**的口吻。

「妳媽媽知道嗎？」

這次換我眼神犀利。「妳有看到我媽？」

她哼了一聲。「說得也是。」她拍拍史林特，然後看著自己的手，聞了聞。「妳給狗擦了什麼？」

「狗狗香膏。」

「我的老天，還有賣給狗擦的香膏？」

「是啊。」

她又聞了一次手。「不錯嘛。」她抹在自己的手腕上。

我們看著新聞報導更多死亡。

「蕾伊？」

「嗯？」

「可以看料理節目嗎？有比賽的那種？我家電視壞好久了，我很想看。」

她不用再問第二次。我們看完一個料理節目，接著又在SBS台找到另一個。

九點，萊緹打了個呵欠。「我累了，蕾伊，我想睡覺。妳睡床的話，我就睡這吧。」

「可是我睡在——」

萊緹看著枕頭和我的棉被，以及整齊披掛在沙發背上的妳的棉被。

「啊，」她輕聲說，「看來不是只有我睡在椅子上。」我們避開彼此的視線。「那我睡哪呢？」

如果妳下星期真的會回家，我會怎麼做呢？把妳的床借給她睡。我看著沙發背上的妳的棉被，最後一個躺在那張床單上的人是妳，上面仍留有妳的味道，只是現在被潮濕味蓋過去了。「妳睡我媽的房間。」我站起身，拿起妳的棉被抖了抖，應該沒有沾太多狗毛才對。「我會幫妳鋪電熱毯。」從認識萊緹以來，她幾乎都睡在一堆地毯上吧，久沒使用的潮濕床單和沾了狗毛的棉被應該也還好。

萊緹站起來跟著我走進房間。「妳呢？」

我看向沙發。「我睡我的床。」

睡覺前，我把萊緹的衣物放進烘乾機，機器轟隆隆地運轉，屋內聞得到溫熱的空氣。

我把臥室門開著，史林特走進來躺在地上，沒一會兒就睡著了。

躺平的感覺真奇怪，貼著小腿的床單冰冰的，還有一點濕。我閉上眼睛，聆聽屋子的聲音。史林特平穩的氣息聲夾雜著烘衣機低沉的運轉聲、萊緹如雷的鼾聲，以及遠方碼頭傳來的熙攘聲。

第四十五天

星期二

我們兩個都睡到七點二十五分才起床。

我睡過頭了，我猜萊緹也是，因為她跑來跑去，嚷嚷著要她的衣服和物品，還說**做人不該隨便碰別人的東西**。

我從烘乾機取出她的衣服，她一把搶過去，但繼續穿著妳的衣服。我沒管她，有何不可？

我們兩個在尷尬的沉默中吃早餐，只有吐司，而我家的牛奶不夠泡兩杯茶。萊緹皺著眉在喝茶時，我已經穿上制服。正在猶豫要不要拿牙刷給她，她已經從廚房找出一個綠色袋子來裝自己的衣服。不管她了。

「那些人隨時會到，我得走了。」

「好。」

她停在門口。「抱歉，我有點暴躁。」她朝自家方向比畫，「謝謝妳收留我，蕾伊，很高興有妳作伴。」

「好。」

「我只是太習慣一個人生活。」

我點點頭。

「那，掰掰。」

「掰。」

門關上，屋內又只剩我們。史林特在前門嗅來嗅去，嗚嗚嚎叫。我關掉暖氣，坐到餐桌前，看到時鐘走到八點。我拿出作業，離出門還有四十五分鐘，拿來做這點小事綽綽有餘。

一回到家，我就急著倒垃圾、添精油，我估計再過十分鐘奧斯卡就要來了，我得趕在他之前出門。還好史林特算配合。我拉著牽繩，倒退出門時撞到人。不是奧斯卡，更糟，是露西。

「蕾伊，妳媽在家嗎？」

「噢，嗨，露西。」我強顏歡笑，假裝沒聽到她的問題，把門關上。史林特撞上她，她不得不從門廊倒退到小徑上。「我正要去遛狗。」

「妳媽在家嗎？我想跟她聊聊，一下子就好。」

「我媽星期二要加班。」

果然又皺眉了。「她留妳一個人在家？」

「我都快滿十一歲了。」我挺起胸膛，直視她的眼睛，「不需要上課後安親班了。」反正我也沒去過。「只要在我媽回家前寫完功課，睡覺前就可以看我想看的節目。」妳常說枝微末節的小事最能說服別人。

「還有我看著呢！」是萊緹，她靠在側邊籬笆上，愛管閒事的老太婆來了，她丟給露西一個微笑。

「嗯，好吧。」露西抿著嘴回以一笑，回頭看我，「蕾伊，轉告她，我想跟她聊聊，好嗎？」

「當然，我們這個週末應該都在家吧？」我這個週末都要跑出去。

她走了，我不喜歡她關上柵欄門時看我的眼神。我們一路目送她回到家。

「不管妳跟她家小子有多好，妳是躲不了她的。」

我覷了萊緹一眼。那些清潔人員還在附近，他們老是神出鬼沒的。說人人到。「萊緹，已經可以踏進去了。」他取下口罩，其他人也是，有四個人笑盈盈地從門口探出身。「家具都搬進去了，洗衣間的洗衣機也都接好了。」一群人笑容滿面。

光看她的後腦杓，我都能感覺得到她懾人的視線。他們維持笑容，只是僵了一點。

「快來看看！」他們看著我，「妳的小朋友也來看一下。」眾人轉頭對我燦然一笑，我退避三舍。

「她不是我的小朋友。」

我滿臉通紅，轉身要走，果然是萊緹會說的話。

「她是我的朋友，講話別那麼看不起人。」

「抱歉，萊緹。」四個大人像挨罵的小孩一樣向她道歉。

我忍俊不禁，她轉向我，眨了眨眼。「來看一下吧。」

我簡直認不出這個地方。

牆面潔白如新，地板光滑潔淨，屋內井然有序，只有幾件必要的家具。一張小沙發、一張扶手椅、書櫃和邊桌。臥室是一張床和櫃子。餐廳是餐桌椅和空架子。所有東西都不見了，她是那樣抗拒，大吵大鬧，不讓東西被搬走，終究還是徒勞無功。

「萊緹。」

她看著我，下顎微微顫抖，隨即正色。

「幹嘛擺出那種臉，又不是都丟了，書還在。」她指著前廳。

「只剩下書？」

「還有一些沒壞掉的東西……」

「在哪？」我環顧四周，放眼望去什麼也沒有，不見罐子、花瓶，就連一個杯墊也沒有。我瞪著白色工作服人員。「她的東西都到哪去了？」

「不是很棒嗎？」

「才不是！」

我追問：「那些東西呢？那都是她的，你們沒有權利拿走。」我想起當時丟報紙時萊緹臉上的神情。我看著她，她面無表情。

「你們到底做了什麼？」

「放輕鬆，小丫頭，是我要他們拿走的。」

「什麼？」

「我沒辦法看，只想在外面待到事情結束。我告訴他們什麼東西絕對不能丟，他們不確定能不能丟的時候會打電話給我，然後我就離開了。那些書都在，其他的東西在箱子裡。」

她走向床邊，掀開毯子，底下露出一排收納箱，每一個都裝了東西。其中一個裝滿毛線球，另一個裝了一疊紙，我還看到孩子的玩具和相簿。

「就這樣？」

「另一個房間有更多這樣的箱子。」

「為什麼要裝箱？為什麼不擺出來？這跟丟了它們沒兩樣，那些都有——」

「蕾伊，東西得留在箱子裡。」

「為什麼？」我瞪著白色工作服人員。

「沒關係，蕾伊。」

「有關係！他們就這樣闖進來拿走妳的人生，這是妳的家，妳的東西。他們應該是來幫妳……不是來抹煞掉一切。」

「蕾伊。」

「萊緹！」我被她的平靜氣死了，只差沒捶胸頓足。

她怎麼能接受？我眨眼忍住淚水。

「蕾伊，東西必須留在箱子裡。」萊緹拍拍我的手臂，白色工作服人員一臉尷尬。

「他們怎麼可以就這樣——」

「蕾伊，東西都發臭了，用熱氣蒸過，晾過，還是沒辦法——」

「妳以前再臭都沒關係！」

「蕾伊。」

「夠了！別再說了，別再裝無所謂！」我擦乾臉頰上的淚水，「妳怎麼可能會接受。」

「我真的沒關係。」

「不，有關係！」

「不會一直收在箱子裡。」一名清潔人員走進房間，「我們把除臭劑、小蘇打、樟腦丸一起放在裡面——也許過一陣子，味道就不會那麼重了。」

「好了，小丫頭。」萊緹凝視著我的臉，微微一笑。我不理她，她遞給我一張面紙。我看著她的腳，她還穿著妳的襪子。她嘆了口氣。「妳在這裡等一下，我去送其他人離開。」

我斷斷續續聽見她在門廊跟人說話……有人說……她還真保護妳……然後是萊緹的聲音：她是個好孩子。

我踢了床底的箱子一腳，箱子滑出去，撞上床後的牆壁，毯子滑落，再次覆蓋一切。

萊緹回到安靜無聲的屋內。

她拿了另一張面紙給我。「來吧，我帶妳去看。」她領著我來到客房，打開門。整個房間從地板到天花板疊滿了大收納箱，只留了開窗和像超市走道一樣可以走動的空間。箱子裡裝滿了東西。

她笑笑地說：「看到沒？」

「所有東西都在？」我嗤之以鼻。

「沒有。」

「其他都丟了？」

「丟了一些。」

我單眉一挑。

「丟了很多。」她的笑容淡了一些。

我吸吸鼻子。

「整理得真好。」我抬頭望著幾乎要碰到天花板的箱子。「這裡放了好多。」

萊緹微微一笑。「妳還沒看過倉庫呢。」

「用家裡的水壺？」廚房裡的萊緹朝我晃了晃手裡的新電熱水壺。「來餐桌前坐吧？」

翻新的廚房有可以坐的桌椅和潔淨的地板，就是化學味、油漆味和地板味還沒散去。還有一股莫名的氣味，說不上是什麼味道，也有可能是之前那股強烈的腐臭味依然殘留在鼻子裡。

我回她說我比較喜歡坐門廊。

她點點頭，隨著我走到屋外，啟動櫃桌上的舊熱水壺。

「萊緹，妳不難過嗎？」

她看著沸騰中的熱水壺。「其實我也不知道我為什麼待得住，家裡乾淨了，我的感覺卻變得更糟了。彷彿回到從前，只是人事全非。」

我靜靜地坐著。

「妳不覺得記憶就像房子嗎？先搭起鷹架，然後成形，東西有了歸屬，人有了安全感。妳走進一個個房間，記得每個房間的樣子，但其實那只是一面面的牆，轉眼間，人生都成了過往雲煙，有些甚至都記不清了。妳以為的家不過是棟房子，用來提醒妳家的感覺。一切都很短暫，一眨眼全成了記憶，而你存在於這些令人安心的記憶裡，偶爾想起那些過往雲煙，不管此刻如何，到頭來，都是記憶的一部分罷了。」

她凝視屋子。「都過去了，逝者已矣，是時候放手了。」她笑容可掬地看著我，彷彿突然意識到自己說話的對象是誰。「喝茶嗎？」

我望著她，湯匙攪拌聲變得朦朧，彷彿從遠方傳來。眼睛裡一塊一塊的模糊了視線，不管我怎麼眨都看不清楚。我無法思考，緩不過氣，幾乎就要窒息。我又要失去妳了。我聽見繩子被扯緊的聲音，門砰砰作響，微風拂過我的肌膚。

時間靜止。我陷在過去與現在之間的黑暗。好舒服，我聞到妳以前的味道，沐浴乳和洗髮乳的柑橘味，感覺到妳牽著我的手。我們只能相依為命了。

有重物壓在我的大腿上，我的手掌濕濕的。我正握著一個溫熱柔軟的東西，呼出緩慢潮濕的氣息，然後是一聲吐氣。是史林特。我睜開眼，牠舔著我的手指。

萊緹輕聲對我說話，湊過來端詳我的臉。「呼吸，蕾伊，慢慢呼吸，不要急。我們哪也不去，妳慢慢來，好好呼吸，我們就安靜地坐在這裡。」

我看著史林特枕在我大腿上的頭，我的手指陷入牠頸間的毛髮。一會兒後，萊緹靠回自己的椅子上，我聽見她打開罐子的聲音，接著是清脆的湯匙攪拌聲。

「拿去，我加了蜂蜜。」她遞給我一杯茶，聞起來有青草的味道。「喝吧，是洋甘菊茶。」

我乖乖喝了，喝起來也像青草，加了蜂蜜的。

「蕾伊，發生什麼事了嗎？」

我聳聳肩。

「想聊聊嗎？」

「不太想。」

「妳今天有吃過東西嗎？」

「當然有，我沒事。」

萊緹咕噥一聲，看樣子她不太滿意我的回答。「想知道我是怎麼想的嗎？」

我盯著自己的手，一會兒抓住一會兒放開史林特的毛。「我有選擇嗎？」

「沒有。」她口吻溫柔，「我認為，妳只是沒做到妳期待別人看到的樣子。」

「我很好，萊緹，只是……累了。」我是真的累了，身體沉重得像石頭，如果她可以不說話，我會直接在椅子上睡著。

「不然我打電話給妳媽，讓她知道她最好早點回家，如何？這樣好嗎？」

我閉上眼睛，免得露出蛛絲馬跡。「我很好。」

「妳不好。」我沒聽她用過這麼溫柔的口氣說話，通常接下來就是輕吻道晚安，加上一個溫暖的大擁抱，上床蓋棉被。

我嚥下口水，強迫自己正視她。「別管我了，萊緹，拜託。」

她一臉為難。

我喝完茶，站起身。「我很好。」我咧嘴一笑，朝史林特招手。

她目送我們回到家，關上門。

第四十六天

星期三

我放學走路回家時，奧斯卡在他家柵欄門前堵到我。「我可以陪妳去遛狗嗎？」

「不可以。」我指指書包，繼續往前走，「我今天有一大堆作業。」

他在我背後大叫。「妳要替萊緹朗讀嗎？」

「你想幹嘛？」我打住腳步，但沒有回頭。

「我可以去嗎？」

我懶得再扮好人。「不行。」

「為什麼？」

「她不喜歡你。」我邁步前進。

「我媽問我最近什麼時候看到妳媽。」

我打住腳步。「你怎麼說？」

「這個嘛，我跟她說我星期一的時候，好像從窗戶看到她走路去車站。」

我點點頭。「她很早就出門。」

「那我可以過去嗎？」

我轉身看她。「你喜歡我的書？」

我答非所問，他一時傻眼。「是啊，很不一樣的書，我喜歡。」

「你會看這類型的書嗎？」

「不太會。」

「我改天去你家看你有什麼書好嗎？明天也可以，就是今天不行。我要做家事，還要寫作業。」

「好啊，」他眉開眼笑，「到時見。」

「好喔。」我轉身離開。

我挺受歡迎的啊。萊緹靠在屋外的籬笆上，明顯在等我。

「今天過得好嗎？」

我聳聳肩。

「要喝杯茶嗎？」

「不，謝了，我要寫作業。」我打開前門。

「我買了不少餅乾，還有要給狗狗的豬耳朵。」

史林特從我腳邊衝出去，跑往側邊籬笆，瘋狂地轉動尾巴，我吹了聲口哨，他不理我，試圖想跑到萊緹身邊。

萊緹單眉一挑，搖搖手中的餅乾罐，我還沒去買東西，肚子咕嚕咕嚕叫。

「好啦。」我把書包丟在門內，再次關上門。

「哎呀，不要勉強，我自己吃也是可以喔。」

我充耳不聞她的嘲諷，替史林特打開柵欄門，不用我多說一句，牠已經衝了進去，還在小徑上滑了一跤。我跟在後面，一坐下就拿了塊餅乾吃。

「我就知道妳不會拒絕餅乾。」萊緹嘴角一勾，打開熱水壺的開關。

我含著好吃的餅乾說：「我是在幫妳，免得妳得糖尿病。」

「妳人真好。」

我又咬了一口。「我知道。」

「一個十歲的小孩是跟誰學會這樣說話的呀？」

「我有一個最好的老師。」

「妳媽？」

「笨蛋，是妳。」

萊緹放聲大笑，笑到都咳嗽了，我不得不替她泡茶。

我們坐在門廊喝茶時，一台車靠邊停車。我早該知道她會回來，她一身正式開襟衫搭工作鞋，走入院子小徑。要是我現在離開，肯定會顯得落荒而逃，但我不得不冒險一試。

「那我就不打擾妳了，萊緹。」我放下杯子。

「好啊。」萊緹示意我離開。

社會局女士在階梯上攔住我。「妳就是蕾伊吧？」

我點點頭。

「我跟妳媽聯絡過，妳常來這裡嗎？」

「還好，我只是順道過來，我要替萊緹朗讀。」

她看向萊緹。「妳的視力有問題嗎？」

「才沒有。」她狠狠瞪著我，「她只是想練習朗讀技巧。」

「每天嗎？」她的視線從萊緹轉向我。

「幾乎。」我咧嘴一笑，努力睜大燦亮的眼睛。

萊緹一臉想踢我一腳的表情。社會局女士看著她。「這是約好的嗎？」

「沒有，沒有。」

她轉向我。「妳媽知道這屋子的——」

「我們沒進去過，我只是偶爾來一下。」

「嗯，妳媽媽現在人在哪？」

我把跟露西說的那一套原封不動又搬了出來，但這個女人似乎不買單，她打量我的眼神彷彿在評估我有多重。

「嗯，妳就讀哪一所學校？」

該死。我說了，露出大大的笑容。

萊緹清清喉嚨。「蕾伊，妳該回家了吧？我還有事。」

不用她說第二遍，我咕噥著說有作業，隨即溜之大吉。

回家路上我順道查看信箱，有一封署名給妳的通知單，要妳到郵局去領東西，需要核對有照片的身分證明文件。我翻到背後，只要背後簽好名，任何人都可以領。我鬆了口氣，繼續看下一封信。厚厚一疊，是仲介寄來的，我打開來看第一頁。

租金遲繳。

我抬頭，社會局女士和萊緹正望著我。我笑了笑，朝她們招手。

租金**拖欠十四天**，我得在**十四天內搬離**。我把信放進口袋，牽著史林特進屋，有點意外我的兩隻腳居然還走得動。

我在郵局通知單後清楚地寫下自己的名字，然後簽上妳的名字。我的腦中嗡嗡作響，思緒雜亂，糾結的內心任由黑暗老鼠蠕動咬嚙，耳際嘶嘶鳴響。我專注找出自己的學生證、妳的手機和毛線帽。我扣上史林特的牽繩，帶著決心走出家門，不去看萊緹和開襟衫女士有沒有在注意我，也不去看任何東西。

細雨紛飛，若有似無，但仍能在幾分鐘內讓人濕透。我很開心，人行道空無一人。我把史林特綁在郵局外的柱子上，牠可憐兮兮地坐在雨中。我排在一名拉著購物車的老奶奶、一名西裝男士以及一個滿手包裹的人後面。包裹堆得老高，得探頭出去才看得到前方。現場只開放一個窗口，一個身穿格紋外套的女士正一個個替小包裹秤重，然後推進櫃台。

史林特在外面吠叫，女士秤完最後一個包裹，我們全都往前站。拉著購物車的老奶奶來買郵票，用的是硬幣。後面房間走出一個人，一群人走出櫃檯，關上自動門。五點了。老奶奶終於數完硬幣。我們往前走。老奶奶出不了大門，得有人帶她出去。史林特透過玻璃對著我嗚嗚叫。西裝男士買了張快遞信封。抱著包裹的人搖搖晃晃往前走，把一大堆包裹放在櫃台上。我低頭看著手裡的通知單和證件。

「下一位。」

我抬頭，出納員又開了第二個窗口。沒想到我耳鳴還能聽到聲音，我站過去，把單子和證件遞出去。

她在說話，我盯著她的嘴，想看出她在說什麼。她又說了一次：「必須要大人來領喔。」

「這是我媽。」我指著單子上妳的名字。

「她得親自來領。」

「她沒辦法來。」

「我不能拿給妳。」

「她有簽名，而且她寫了我的名字，我有帶證件來。」我語氣平緩，試圖講理。

「抱歉，妳得請妳媽親自來一趟。」

「她叫我來！」

「必須有大人的簽名。」

我指著妳的名字，那個我簽下的名字。「她有簽啊！她不能來，所以才叫我來。」

「可以請另一位大人來簽收嗎？」

我努力克制聲量。「我家沒有其他人了。」

寄包裹的人離開了，兩名收納員同時看著我。

「我媽要我來取件，她都簽名了，看到沒？」我再次指著簽名，「我帶證件來了。」

我亮出放在櫃台上的學生證，試圖保持理智和冷靜。她們為什麼就不肯配合？

兩人面面相覷。「可是……」

我真想衝著她們大叫。

「親愛的，別哭，請媽媽來一趟就好。」

「沒辦法，她要工作，她叫我來領。」

我擦掉臉上的淚水，強迫自己直視她們的目光。

「可以請其他人——」

「沒有其他人了！」話一脫口，我赫然發現自己居然冒著鼻涕泡泡在啜泣。我小聲到不能再小聲地說：「她簽了。」我固執地指著簽名。喉嚨好痛，我試著深呼吸，吞口水。

另一頭的出納員對我面前的出納員使了個眼色。「我去後面一趟。」

我看著她離去。她是去叫人嗎？她那眼神是什麼意思？我看向前方的女士。她正拿著一台數位簽名機。

她盯著我的眼睛，彷彿擔心我聽不懂，特意一字一句慢慢說：「得在這裡簽名。」她指著螢幕上的空白，「用這個。」她拿起觸控筆，「必須是大人。」

另一人返回，把一封信留在觸控筆旁的櫃台就走了。我盯著那封信，上面署名給妳。我抬頭看著櫃台後的女士，一瞬間，她好像在對我眨眼，因為太快了，我不是很確定，接著，她把觸控筆推給我。「一定得簽。」她朝我使了個眼神，將單子撞到地上。「哎呀，我得撿起來才行。」

她在發什麼神經？她縮到櫃檯下面不見人影，我呆若木雞。另一名女士從後面房間探出頭，拚命比手畫腳。她是要我離開嗎？她做了一個寫字的動作，然後指著我。

「我找不到單子。」聲音從櫃檯底下傳出，「但我知道，成年人只要在上面**簽完名**，就可以**拿了就走**。」

我往前站，看向門後探出頭的人。她朝我點點頭，我拿起觸控筆，等著被罵，但她微微一笑，消失在門後。我吞了口口水，簽完名，一把抓起信封趕緊閃人。

我顫抖著手解開史林特的牽繩，拉著牠要走，同時瞥一眼郵局裡面。兩名女士又出現在櫃台後，朝我揮了揮手。

我兩腳僵直地走到轉角附近的公園。

我坐在遊戲器材底下的乾燥地面，幸好下雨了，沒人來公園玩。我打開信封。

內容跟我在家收到的那封信一樣。我仔細閱讀每一頁，雖然不太懂，但我知道一件事：這是一封限期十四天內搬離的通知，附上一份向法院申請收回令的影本。收回什麼？難不成他們可以拿走我們的東西？這就是遲繳房租的下場？

最後還有反對通知書。我是反對，但又能怎樣？上面提到得在通知限期最後一天的下午四點半前填好繳交回去。我一頭霧水，是指十四天之內嗎？上面說我可以聯絡承租人協會尋求協助。我看著電話號碼。我要怎麼說？到時又是那套「你得是成人」的說詞。我瞪著第一頁。**遷離通知**。我能去哪？

租金遲繳。怎麼會呢?應該都繳清了呀!

我拿出妳的手機，登錄銀行帳號……我傻了，錢沒有少。上一次明明可以自動扣款的啊!我重新查看，兩個星期前有扣款通知，但一旁有小字:**餘額不足，轉帳失敗**。我不懂，兩個星期前我確認過金額，明明夠的呀!

我往下翻找交易紀錄，自動扣繳紀錄有網路費、Netflix、電費和通話費，交易紀錄有加油站商店、加油站商店、Coles超市、Coles超市、藥局、Coles超市、披薩……交易明細很長，我逐一瀏覽:食物、精油、擴香機、蚊香、瓦斯費和披薩。

我花掉不少錢。

是我的錯。

我不知所措，看著大腿上的通知書，腦中轟然作響，我強迫自己集中精神。這是什麼意思?會有人上門趕我出去嗎?他們會收走我們的東西?我要不要趁早把能帶走的東西收一收走人?

我想起妳，腦中的聲音更強烈了，舌頭腫了有原本的兩倍大。妳怎麼辦?我艱難地吞了口口水。把妳留下來嗎?我吐了，直接吐在溜滑梯底下的木屑上，嘔乾了喉嚨，差點緩不過氣，唇角掛著一絲口水。

我挪到一旁，頭靠在地上，臉頰貼著冰冷刺痛的木屑，真想就這樣蜷縮成一團躺在這裡。我好累。

我用袖子擦擦嘴，看到史林特正在舔我的嘔吐物。

奧斯卡一定守在窗前等我們經過，我們才走過他家大門不到五步，他就衝出門。

「蕾伊！」

「幹嘛。」我轉頭，如果他識相，看到我的表情就會乖乖離開。

「哇，妳看起來好糟喔。」

「閉嘴。」

他一臉詫異，但笑了笑，彷彿我是在開他玩笑。「妳要不要來我家玩？」

「天啊，我不要！你都不看人臉色的嗎？別來煩我。」我不去管他是什麼反應，丟下他一個人站在毛毛細雨中。

我已經夠淒慘了，這世界還能拿我怎樣，反正我也不在乎了。

第四十七天

星期四

我在這裡做什麼？

我沒睡，只是縮在沙發上，史林特睡在一旁的地上。我看著天色變黑，過了很久很久，終於又逐漸轉灰。

當澳洲喜鵲結束清晨啼叫，我穿上妳的浴袍，跑去坐在妳附近的潮濕草地。我背靠在門上，門旁沒割除的雜草已經有我的肩膀高。我仰頭抵著後面的木門，想像妳坐在一門之隔的另一邊，和我背靠著背。

「怎麼辦？」

我想像妳在呼吸，用手指畫過地面，就像每次妳沒辦法直視我時，手指總是在畫餐桌，就像每當我睡不著覺時，妳會用手指畫我的背。

「我不知道怎麼做。」

我聽見抓門聲，史林特在門後。我看見牠高舉前腳趴在玻璃窗上，爪子敲個不停，鼻子對著窗戶呼氣。牠就這樣維持了一陣子，然後我清楚聽見牠在嗅來嗅去的聲音。牠把鼻子貼在門縫底下，聞到我們正在外面，而牠沒有。

隔著妳的浴袍，我感覺到屁股濕了。我抽走底下門縫的毛巾。如果我像史林特一樣去聞，妳會聽到我的聲音嗎？我聞得到妳的味道嗎？我拔了些草梗，逐一塞進去。

我想像妳看到門縫出現一根接著一根的草梗，就像我小時候把我畫的圖塞進妳臥室門縫，試圖把妳呼喚出來。

我屏息聆聽。

「媽？」

我知道妳不在裡面，但這陣靜默意味著妳或許在屏息聆聽，意味著我們的生活。

我站起身，雙手貼在木門上，感覺到妳也站起，妳的手貼在我的手上。

「媽？」

我打開門。

我沒去上學。

我沒有接聽妳的手機來電。

我拉上窗簾，關掉電燈。

我假裝沒人在家，我就是屋子：一棟空蕩蕩的房屋，人去樓空，只剩牆壁和無人使用的家具。我躺在地上望著天花板，部分陽光流經窗簾上方和下方。

萊緹來敲門。

「蕾伊？蕾伊，我知道妳在裡面。」

我不在。我在腦中說著，因為屋子不會有聲帶。

「讓我進去。」

不。窗外嘆息著。

我聽見她就在門外守候。我眨眨眼，看著天花板上的陰影，陰影對我揮揮手。

「過來，沒事，我在煮菜。來吧。」

我閉上眼。

第四十八天

星期五

我被敲門聲驚醒。冰冷的地板讓我肩膀痠痛，史林特抬起枕在我腿上的頭，我本能察覺到牠在警惕。

有人一直敲門。

「蕾伊？」

又是萊緹。

「蕾伊？我知道妳在裡面。妳沒事吧？」

我讓房子替我回應，房子選擇沉默。

「妳不舒服嗎？蕾伊？」我聽見門把晃動聲。

史林特再也按耐不住，四隻長腿急巴巴奔向前門，對她汪汪狂吠。

我現在是渾身塵埃了嗎？搞不好變成地板的一部分了。我試著扭動其中一根腳趾，可以動，那我就還不是地板。

「蕾伊，我很擔心妳。」整扇門都在搖晃，史林特叫個不停，吵鬧聲撼動了房子。

「蕾伊，妳不開門我是不會走的。」

「我沒事。」我不確定我說出口了，或只在心裡想。

門又開始搖晃。「蕾伊？開門，我很擔心妳。」

我好累，只希望她離開。我勉強聲帶動工：「我沒事。」我聲音嘶啞，但門總算安靜了。

「我能進去嗎？」

「不，我只是累了，我在睡覺。」

「蕾伊。」

「我頭痛。」我說真的，我真的頭痛。

「我在煮千層麵，過來吃，好嗎？」

我轉頭看向走廊，一道陰影在門縫裡晃動，史林特在門前走來走去。

「妳走吧，萊緹。」

陰影徘徊一會兒，然後消失了。

史林特到處走，我聽見牠把自己喝水吃飯的碗推來推去。不用看也知道兩個碗是空的。牠踱步過來，伸長舌頭來舔我的耳朵，對著我的脖子吹氣，鼻子輕頂我的臉頰。史林特從昨天早上開始，除了舔我臉上的淚水，什麼也沒吃。我躺了這麼久嗎？我覺得我能就這樣一直躺下去。牠噴著氣，腳掌壓壓我的手臂。我渾身痠痛。

家裡沒食物，而史林特餓了。

我把溼答答的浴袍扔在地上，浴袍皺成一團，像個突兀的老貝殼，蓋在我留在地上的輪廓。我穿上襪子、毛衣、妳的外套，再戴上毛帽，還是很冷。

史林特亦步亦趨跟著我，鼻子簡直黏在我的腿上，我根本不用出動牽繩，手一伸就碰到牠了。我伸手探入牠的毛皮裡，我只剩手是溫暖的了。

萊緹家亮著燈，我可以從窗簾縫看到地板。我敲敲門，她打開門，點頭示意我進去。

屋裡的化學味散了不少，甚至飄出食物的香味。是千層麵。她會不會聽到我肚子餓的聲音啊？她帶我到桌前坐下，甚至買了要給史林特吃的肉末。狗狗在角落一口掃光盤裡的食物，不誇張，連一秒都不到。我看著她在廚房裡走來走去找東西。同一個抽屜，她開了三次才找到一個大湯杓；垃圾桶旁的箱子裡有一堆洗乾淨的空番茄罐。

她依然穿著妳的運動服。

她送上滿滿一盤熱騰騰的千層麵，雖然會燙，但我還是吃了。吞下去時，食物灼傷了我的喉嚨，燙得我淚眼汪汪，但身體總算有了暖意，從胃裡擴散到全身。

我又吃了一大口，真好吃。一口沒吃完，我繼續叉起一大塊塞進去。

萊緹拿起叉子，我不管她。

「今天是星期五了。」

我吃個不停。「星期四過了就是星期五。」

萊緹揉揉眉心。「我的意思是，這一個星期快結束了。」她看著我，彷彿我應該明白她的意思。

「是啊。」我說，滿嘴都是千層麵。

「妳說妳媽會回來。」

「是啊。」

「星期天的時候，妳說她下星期會回來。」

我又塞了一口。「要過完週末才是下星期。」

「妳星期天說的，蕾伊，我以為妳指的是這星期。」

「我沒有。」

萊緹放下叉子，雙手擱在盤子兩側。我只顧著吃，嘴裡的千層麵糊成一團，我咬碎，吞下，又叉起一塊塞進嘴裡。

「蕾伊。」

「萊緹。」

她咬著牙吐了口氣。「老天，妳可真教人生氣。」

我拚命吃，應該是吞到融化的起司了，喉嚨好痛，我眼泛淚光，又咬了一口。

「小丫頭，我是擔心——」

叉子從我手中掉落。擔心，這個讓人揪心的神奇字眼。**擔心**是假借關心之名來操控你，自以為什麼都知道，認為你過得不夠好，你媽不夠好，你不夠好。擔心個屁！我腦中警鈴大響，要我趕緊離開這裡。這是一個徵兆，說明不能信任這個人。意味著風暴又將席捲而來，把我的生活掀得天翻地覆。又一次，我必須離開。

而這一次，妳不在。

沒想到萊緹也會說出這種話。

「別這樣看我，小丫頭，是時候讓我打通電話給妳媽，好嗎？」

「不好。」

「小丫頭。」

「別管我，萊緹。」

「我不能，妳懂的，對吧？」她語氣溫柔，表情慈祥。

我的心好痛。

「妳不用自己照顧自己，妳需要母親，她應該在這裡。」

我站起身。史林特發出哀號，我把椅子推往後時壓到牠的尾巴了。叉子「鏘啷」一聲掉落在地，我聽不太清楚。萊緹示意我坐下，她的嘴一張一閉，彷彿在說話。

我的耳朵好痛。「別吼我！」史林特狂吠不停，我喘不過氣來，「別叫了！」

「蕾伊，我沒有。」

「夠了，妳不知道我需要什麼，妳什麼都不知道。」

「蕾伊，拜託——」她站起身，套著妳的運動衣的手伸過來。

「別來煩我！」我應該是尖叫了，她一臉震驚地往後退。

我衝向大門，史林特緊跟在後。

我們就這樣走了。

沒有回家。

一個勁地跑。

天寒地凍，天上沒有一朵雲，星辰閃耀。我呵氣成霜，霜氣飄向哪，我就往哪走。

我不能停下來，一停下來就好冷，也不能坐，一坐就冷。我的背因為躺在地上太久而僵硬，動一動也好。一人一狗同步前進，史林特的頭黏在我的屁股上，我抓著牠的頸背，偶爾牠會轉頭舔舔我的手腕。我們走過附近的大街小巷，被我們拿走的花盆、椅子又換上新的了。我們走個不停。

走到最後，就連史林特都累了。時間一定非常晚了，路上沒什麼車，只有固定的火車轟隆聲，以及從車站呼嘯而過的火車鳴笛聲。我們從鐵軌橋下走過，站在橋底邊望著頂上疾駛的火車，猶如一條蜿蜒的大蛇，肚子裡都是空蕩蕩的座位。

我們走到亞拉維爾花園，被我拿走的植物已經重新種上。史林特撲向沙坑附近的木屑地，我背對著馬路，坐在鞦韆上盪啊盪，望著林間閃爍著的碼頭燈光。在盪起、停頓和落下之間，冷風拂過我的鞋子，鑽進我的襪子，腳趾隱隱作痛，需要好好伸展一下。

鞦韆嘎吱作響，原本白天才會有的聲音，如今在黑夜裡，和乒乒乓乓的碼頭熙攘聲一搭一和。抓著冰冷鐵鍊的手凍得發疼，我咬著唇，都僵掉了。

我停下鞦韆，該回家了。

我們往大馬路走，史林特撲向一根樹枝。我拿走牠嘴裡的樹枝，往前一扔，牠隨即撲過去，前腳不協調地張大。牠叼著樹枝回來，貼著我的腳繞圈圈，頭轉來轉去，我得攔住牠拿回樹枝。我再一次扔出去，史林特狂奔而出，隨即衝回來，發出哼哼的小豬聲，像隻小馬蹦蹦跳跳繞著我跑，不讓我抓到牠。我衝上去，牠敏捷地脫逃，晃著樹枝，惹得我大笑。我追著牠跑，身體逐漸暖了起來。

我們跑出公園大門，來到人行道上。茂密的枝葉透出昏黃的燈光，細碎的陰影打在我們臉上。史林特對我搖晃樹枝，我張開雙手撲向牠，牠跳開來，一邊盯著我一邊跑上綠化帶。我笑著追過去，牠為了躲我跑上排水溝蓋。

「離馬路遠一點，史林特。」我喝道，想去抓牠的項圈，但牠噴著氣，咬著樹枝跑走，離我愈來愈遠。赫然出現一道急速逼近的巨大黑影，緊接著一陣刺耳的急剎，金屬摩擦聲劃破黑夜，掀起的冷風撲面而來。

我眨眨眼。

我盯著史林特，牠不在那裡，一團灰色的物體滾過路面，癱軟在排水溝蓋上。

我聞到一股燒焦的橡皮味，恐懼蔓延全身，四肢沉重。短暫的寂靜之後，我聽到引擎喀嗟一聲冷卻下來的聲音。排水溝傳來嗚咽的哀號。我努力想要撐直兩條腿，沉重的空氣壓迫得我動彈不得。哀號聲再起，一瞬間所有聲音都回來了。

「不————」有人尖叫。我連滾帶爬跑向馬路，劃破了雙手，無暇顧及一輛停在路中央閃著橘燈的卡車，我跪在排水溝蓋上，撫摸牠抽搐的身體，捧著牠的口鼻放在自己的大腿上，牠口吐白沫，不停地顫抖。我用手壓著牠濕熱的毛皮，試圖平息牠的抖動，當我縮回手舉高對著燈光，只見滿手黑色黏滑的液體，夾帶一股金屬味。

「史林特，是我，**史林特！**」

牠睜著一隻眼睛看我，輕聲的嗚咽猶如一聲口哨，牠抬起錯位的鼻子，咧著嘴，露出一排牙齒，像是努力要對我笑，好不容易舔了一下我的手，仰頭一掉，渾身抖動得像芝麻街玩偶，不停地抽搐、流血。我用掌心壓著牠，試圖止血，放聲吶喊我唯一知道能來救牠的人，我唯一需要的人。

我聽見妳跑來的聲音，沉重的腳步跑過柏油地，我尖叫著妳的名字，妳來到我身面。「我的天啊！我沒看見，妳沒事吧？我沒看見。」

不是妳。是個渾身汗臭味的油膩大叔，穿著比我的手臂還粗的靴子。他臉上的神情令我噁心。「怎麼會——妳沒事吧？我撞到妳了嗎？」

「不，我不知道，不，我們得救牠，你得幫我救牠。」

但他沒看史林特，他看著我，伸著手停在半空中，遲遲不敢碰我。「妳身上有血，臉上也是。妳沒事吧？我撞到妳了嗎？」

「我很好！」我抬起鮮血淋漓的雙手，「牠不好。」我再次壓著史林特抽搐的身軀。「牠不好，你得救救我的狗。」他仍看著我，而不是史林特。

「喔，天啊！妳坐好，我來叫救護車，好嗎？還得報警才行，他們得到事故現場，對吧？」

我搖搖頭。「不要報警，不要救護車，叫獸醫，聽到沒？我們得送牠去動物醫院。」

他拿出手機，但滑不開，他在牛仔褲上擦擦顫抖的手，重新再試，手機從他手中滑落，掉在史林特的頭邊。他撿起手機，手仍止不住地顫抖。「妳怎麼會在這裡？現在是清晨兩點鐘耶！老天，我沒看到妳，我真的沒看到妳。」

我看到排水溝蓋上的樹枝，有一半壓在史林特的頭底下。牠被車子撞到的時候，一定是樹枝勾破了牠的嘴。「我們在玩。」我輕撫史林特的耳朵，牠最喜歡我這樣揉牠的耳尖。牠低聲哀鳴，我熟悉牠所有的聲音，但這一聲中多了我沒聽過的尖銳，這一聲撕裂了我的心，寒意竄骨。

司機還在想辦法開啟手機。「快啊！」他咒罵、道歉、在牛仔褲上擦手。我一手輕輕捧著牠的脖子，另一手抵在牠屁股旁的地上，嘗試挪動大腿好讓史林特的頭再往內靠。地上潮濕溫暖，我看著牠的屁股。牠的腳嚴重歪斜，傷口深及見骨，就像掛在肉店的羊腿一樣，汩汩流出大量的鮮血。我輕扶牠的腳，想把腳推回原位，試圖止血。

「幫幫我。」我看向司機，不懂他為什麼在浪費時間，「你在做什麼？快來幫我！」

他一直在滑手機。「我在幫了啊！我得打電話求救！我真的沒看到妳！」他哭了。

「該死，妳全身都是血！」

我低頭。「不是我的血。」

「妳在流血！」

排水溝蓋上都是血。「不是我的。」

他一個大男人渾身顫抖，不停啜泣。他一定嚇壞了。史林特在我大腿上抽搐，這個大男人在我身旁發抖，震得我也跟著晃動。男人一直哭，徒然地猛滑手機，他一直發抖，害我沒辦法抓好史林特的腿。我沒有時間驚慌，盡可能往後倒，史林特的頭還靠在我的腿上，我一手抓史林特的腳，另一手狠狠摑了司機一巴掌。

他鬆掉手機，看著我。我一字一句地說：

「幫、我、送、我、的、狗、去、動、物、醫、院。」

他撫著自己的臉頰。「什麼？」

「我的狗，」我指著史林特，「救救我的狗，不是我，我沒事。」我哽咽地說，「牠快死了，拜託。」我死命瞪著他，要他明白，「快送牠去看獸醫。」

他點點頭，大手放在妳的外套肩膀上。我如釋重負，雙手顫抖，移動身體謹慎地準備把史林特交給他。

他握緊我穿著外套的手臂。「放心，妳嚇壞了。我來叫救護車，妳會沒事的。」他再次撿起手機。

「不！」我把手機拍落在地，「你怎麼聽不懂人話？」我淚流滿面，「幫我……」我跪起身，搬起史林特的肩膀試圖抬高牠，一時沒抓好牠的腳，腳掉了下去，詭異地垂掛在半空中，史林特大聲哀嚎，叫得我心都碎了。我就快失去牠了，牠滑出我的雙手，而那個男人還一直把我往下推。史林特的頭「咚」的一聲撞到地上，那聲音就跟被車子撞到時一樣響亮。牠都傷成這樣了，那男人還抓著我的外套，壓制我不讓我動。

「別動！妳受傷了，不能亂動。」

我看不到史林特是否還有呼吸，我踢了司機一腳，放聲尖叫。他站起身，後退半步。我俯身查看史林特的狀況，還有呼吸，很不穩定，但至少還在呼吸。我抱起牠抽搐的上半身，不敢去看牠的後腳，努力保持牠的完整無損。

我再次看向司機。「拜託，幫幫我，送牠去看獸醫。」鼻涕泡泡冒出我的鼻子，破裂之後沾滿臉頰，但我不能又一次放開史林特。「拜託。」我哀求。

司機搖搖頭。「我必須留在這裡，我不能離開事故現場。」他撿起手機又滑了起來。在街燈的照耀下，我看見螢幕裂開了。「我得去求救。」他抬起頭，看著馬路上的車燈。

「幫幫**我！**」我朝著他大吼，卻哽咽出不了聲。他跑走了，一邊跑一邊回頭大喊，他的聲音混雜在史林特的嗚咽和我自己模糊不清的說話中，我聽不清楚。我輕輕捧起史林特的肋骨。**呼吸**。沒有人可以幫我，我拋開那個男人、卡車和痛楚，現在只有我和史林特，自始至終都只有牠和我。我撐起雙腳，把牠整個往上抱，牠的頭好幾次差點撞到排水溝蓋。牠的嗚嗚哀鳴讓我心如刀割。我緊抱著牠抽搐的身軀，踉蹌走上分隔島，牠呻吟不已。

*想啊，快想辦法啊！*我搖著頭不停地走。亞拉維爾有一間動物醫院，距離這裡不到五六條街。我雙手顫抖，分不清是我在抖還是史林特在抖，我緊抓牠的毛，咬緊牙關向前走。

手臂好痛，肩膀彷彿快被扯斷。我一直走，行經霧中的街道，兩步，吸一口氣，兩步，呼一口氣。渾身肌肉劇痛，但我不能停下來，我又跨出一步。*沒事的，史林特，我們快到了。*我的手沾滿牠的鮮血，臉上都是淚水。我低頭，用牠的毛擦乾我的臉頰。抱著牠癱軟抽搐的沉重身軀，我猶如一隻艱難邁步的布偶娃娃。

又一步。時間分秒流逝，彷彿過了好幾個小時，整個世界只剩下痛苦、恐懼、我和史林特。

牠小時候我也是像這樣抱著牠，小小的身軀正好窩在我的雙臂之中，但牠現在垂掛著頭，口水從一邊流下，雙腳宛如觸鬚般瘋狂抖動，其中一隻腳甚至呈現不正常的角度。走兩步，吸氣，走兩步，呼氣。每一步都使牠呻吟，每一次的呻吟都讓我淚流不止。再一步。時間停止了。我們一直以來就像這樣互相扶持。走兩步，吸氣，走兩步，呼氣。我步履蹣跚地跨越馬路，差點在對街的排水溝蓋上跌跤。牠的嗚嗚刺穿了我的心，接著就沒了聲音，牠的身軀變得沉重。牠快死了，我能做的只有繼續走，一步接著一步，一直走下去。兩步，吸氣，兩步，呼氣。

我走到了。在這樣漆黑的大半夜裡，我居然來了。我抱著一隻體型碩大的銀灰色狗站在角落，頭頂上懸掛著動物醫院的招牌。透過黑暗的玻璃，我和一個血跡斑斑的孩子對視。她的手裡抱著一隻奄奄一息的大狗，狗的一隻腳像被切斷的肉塊一樣懸掛在空中。在街燈照耀下，我們都成了銀色身影。空氣冷冽，每呼吸一口都感到疼痛。鏡中的女孩無助地看著我，雙頰染滿鮮血。

我到底在想什麼？難不成動物醫院有夜間急診？裡頭會有人衝出來幫忙？大門緊鎖，沒有燈光。我的臉又熱又黏，我轉身不去看窗戶上的女孩，顫抖不已的雙腳再也支撐不住，一失足，屁股重重跌在階梯上。我抱著史林特，用大腿托住牠的身體，痛得要命的手臂撐起牠的頭，免得碰到地面。牠緊閉雙眼。我一手拉起妳的外套，握拳，讓外套包覆住我的拳頭，另一手死命抱緊史林特，屁股轉向後，一拳打破玻璃。警報器響起，頭頂藍燈閃爍。

冰冷的手一陣劇痛，我放下手，抱著史林特的頭，牠的腿癱軟在地。我無助地把臉湊近聞牠的味道。「快了，狗狗，再一下子。」我捧著牠的氣息，要牠撐下去。頭上的藍燈伴隨著我的心跳、我們的呼吸、我的呼吸閃爍。我對史林特說話，告訴牠，等牠好之後，我們還要去散步、玩遊戲、到超市買一整隻烤雞。牠沉甸甸地癱倒在我的大腿上，沒有聲音。我覺得牠還在動，還在呼吸，但那也有可能是我。牠一動也不動，而我好冷。接著，牠想要爬起來，但不是牠，是有人想把牠抱走。我抬頭，眼前是一張張我不認識的臉孔。有好多燈光。有人拿燈照我的臉，有人撐扶我起來。我雙腿無力。好多人在說話，但我聽不清楚，我彷彿沉在水底，其他人都愈游愈遠。

「拜託，救救牠！」

一個小女孩坐在動物醫院門前的台階上，腿上抱著一隻鮮血淋漓的狗，背後是一扇被打碎的玻璃門，防盜警報器響起，迫使有人終於打電話聯絡獸醫。

還有救護車。

和警察。

我不在乎。

我只要牠沒事。

沒有人告訴我到底怎樣了。

所有人都在問我問題。

有人包起我手上的傷口，她人真好，一直給我止痛的東西，但我一點感覺也沒有。

萊緹想接我出院，但她不能，她跟我沒有任何關係，她只是隔壁鄰居。

妳母親人在哪裡？

我沒回答。

她想帶我回家，院方不允許，雙方吵個不停。萊緹不斷搓著手，同時看向我。他們像審問犯人一樣地審問她。

「她母親人呢？」

「出差去了，不在家過夜。」她的口氣不容分說，但對他們沒用。

「由妳照顧她嗎？」

她遲疑了一下，又看看我。「是的。」

「半夜兩點她在外面做什麼？」

「這個，我——」

「不關萊緹的事。」

所有人都停下來，自從我給出萊緹的地址後，這是我第一次說話。

「不是她的錯，她不知道。」

「如果是由她照顧妳，她就應該知道。」

「她不是在照顧我，她人很好，經常關照我。」我擦擦眼睛，不敢看她。面紙握在我沒受傷的手中，我看著面紙，指尖仍殘留史林特的血跡。「她沒來照顧我，因為她根本不知道。我沒跟任何人說過。」

眾人沉默。

「沒說什麼？」

萊緹清清喉嚨。「我猜她媽有時候會離家好幾天，所以我會多留心——」

「她沒離家。」

萊緹一臉悲傷。「那就是出差去了。」

「也不是。」

「那她在哪？」他們試著好聲好氣對我說話，但面對一個什麼都不說，只會問狗狗的小鬼，任誰都受不了。

「她在家。」

萊緹柔聲說：「可以了，蕾伊，說實話吧。」

「我說得是真的，她在家，沒離開過。」

「蕾伊。」

「真的。」我目不轉睛地看著她，「她在倉庫裡。」

「蕾伊，別開玩笑了。」

我沒移開目光。「我把她留在那裡，因為我也不知道該怎麼辦，只能留她在那裡。」

我看得出來萊緹聽懂了。

「噢，蕾伊。」

我不停地吞口水。她走向我。

「噢，蕾伊，小丫頭。」

她張開雙手抱住我，而她還穿著妳的運動服，身上有妳的味道。有她，有史林特。自從妳死了以後，她是第一個好好擁抱我的人。

我投入她的懷中，投入史林特和妳的懷中。

在看到倉庫裡的妳以後，我知道都是因為我，始終耿耿於懷的那一口氣終於舒坦開來。

我放下了。

他們還是不肯讓萊緹帶我出院。

他們派了一台車到我家，還拿走我的鑰匙。

萊緹想到可以聯絡奧斯卡的媽媽，她的口袋裡還放著她的名片。

他們讓我跟她走，一個跟我說話沒超過三次的女人，而不是萊緹。

我不再詢問史林特的狀況，從他們閃避的眼神和一句「要再觀察看看」，我已經得到答案，不需要多問了。

露西帶我回她家，在奧斯卡的房間多鋪一張床給我，那小子居然沒有醒過來。她給了我一件有車子圖案的睡衣，衣服的腰圍對我來說太大。又送來一杯水。

「先睡覺吧。」她摸摸我的臉頰，「到了白天就不會感覺那麼糟。」

我轉身面對牆壁。

她知道個什麼鬼。

第四十九天

星期六

我一定是睡著了，再睜開眼時，奧斯卡站在床尾看著我。

「妳家有警察。」

我瞪著他。

「我媽說不要告訴妳。」他看著房門，「但我覺得妳知道，呃，應該要知道。」他穿著牛仔褲、綠色毛衣和亮紅色襪子，看起來很暖和。他用腳趾摳著地板。「我是指警察。」

我點點頭，我懂他話裡的意思。

我站在自家籬笆外的人行道上。我不記得自己什麼時候起床和什麼時候出門。我的腳趾很溫暖，低頭一看，我正穿著綠色毛襪，這不是我的襪子。部分襪子露在燈芯絨褲管和鞋子之間的縫隙，就連褲子和鞋子也不是我的。我沒有換衣服的印象，但我一身乾淨地站在這裡，很明顯換過衣服。一隻手搭在我的肩上，我抬頭看向左邊，是露西。

「不要看，蕾伊。」

她跟我一塊來的嗎？如果她不要我看，幹嘛和我一起待在這裡？我隔著毛衣都能感覺到她手掌的重量。這件毛衣也不是我的。

我轉頭去看她不要我看的畫面。我們家的門敞開著，一個男人從後面抬著某樣東西走出來，不用說，是妳。我知道會是這樣。

「妳不用看的，蕾伊。」她一手輕拉我的肩膀，我知道她為什麼不讓我看。她一定覺得萬一我看到妳這副模樣，就會在我心裡留下難以磨滅的烙印。但我早就看到了，第一次也是唯一的一次，微風吹得繩子嘎吱作響，妳的運動鞋離地有一隻手掌的高度。

我看著他們。

看著他們推擔架走出我們家，袋子看起來比妳還大。味道也跟著傳出來了。露西在我身後咳嗽，但我覺得還好啊。他們把妳推往車子後方，輕手輕腳收起擔架床下的輪子，小心翼翼把妳搬進車內，關上門時一聲不響，而不是像快遞車那樣砰一聲。不知道他們有多常去別人家收屍。

一名男子坐上駕駛座，另一個人繞過車子往副駕駛座走，她望著我，和我四目相對。她沒有笑，我也是。她朝我點點頭，我也點點頭，一切不言而喻。

她看到妳了。她放下吊在上面的妳，推著擔架上的妳穿過家裡，通過乾淨的廚房和桌上放著鑰匙的碗，經過妳整齊的床鋪和掛在浴室的毛巾。她推著擔架，讓妳頭先腳後出了大門。她認識了一小部分的妳，以及一小部分的我，該知道的她都知道了。

她上了車。

有人重新拉起前門的封鎖線。

露西從後一手輕輕搭在我另一邊肩膀。「裡面的人不是她，蕾伊。」

大家總是這麼說。

「是她。」

「是她的身體，但妳認識的她不在那裡，她會在妳心裡，在妳的記憶中。」

我明白她是好意，但她不知道我其實比她更清楚。妳不是一具軀體，從來不是，有千千萬萬個妳，如今把這些凝聚在一起的人是我。

我目送車子遠去。

然後我說了，之前沒能說出口，也希望永遠不用說的一句話，但我現在非說不可。

「再見了，媽媽。」

第五十一天

星期一

露西讓我坐上車，載著我出發，卻不告訴我去哪。

我乖乖坐在車裡，反正我不在乎。

她去收費機繳錢時，我坐在車裡等。我們又回到醫院附近了，我猜她要帶我去看精神科醫生，這是他們會做的下一步，不是嗎？

她打開車門，示意我下車。我跟著她通過大門，這裡不是醫院，我抬頭看見門上的大字：動物醫院。我打住腳步。

露西往前走了幾步。

「我做不到。」

她停下腳步。「什麼？」

「我做不到。」

「做不到什麼？」

「我不能去看牠。」

她返回牽起我的手。「沒事的，蕾伊。」

我抽出手，我記得牠的重量，記得那些鮮血。

「沒事才怪，我不能看到牠那個樣子。」

「什麼樣子？」

「傷痕累累、奄奄一息的樣子。」我語帶哽咽。

她微微一笑。「沒事的，蕾伊，有人等著要見妳。」

我看見窗戶上認養寵物的廣告，她是這麼白目的人嗎？「我不要再養一隻狗。」

露西皺起眉頭。「什麼？我沒有要——」

「我不要另一隻狗。不可以。」

她神情大變。「喔，天啊，沒人跟妳說。」她震驚地跪在我面前的柏油路上，拉起我的雙手。「蕾伊，牠沒事。牠受傷了，也失去一條腿，但牠還活著。」

「什麼？」我幾乎語塞。

她笑吟吟地看著我，握著我的手不放，絲襪都髒了。

「牠在裡面，蕾伊，牠會好起來的。」

下一秒，露西得用跑的才追得上我。

他們帶我去看牠時，牠遍體鱗傷：只剩三條腿、毛皮禿了好幾塊，身上插滿點滴，嘴巴有縫線。牠戴著頸圈，我湊過去親吻牠。我把牠抓疼了，牠叫了一聲，拚命舔我的臉，我分不清臉上哪些是口水哪些是淚水。

牠不能直接出院，露西說等牠好了可以送到她家。奧斯卡可開心了。

我都不知道露西找人的能耐這麼好，她居然找到我外婆。

我有外婆耶！妳早就知道了，對吧？

三個小時後，我知道她的存在，跟她通了電話。我們沒怎麼說話，電話兩頭只有呼吸聲。要跟一個沒見過的人說什麼好呢？在一陣靜默後我這麼問。

她的回答出乎我的意料。「我見過妳，蕾伊，妳出生那天我也在場。」

太詭異了，一個在我呼吸第一口氣時就認識我的人，我卻不知道她長什麼樣子。

我聽了好一會兒她的氣息聲，接著她說：「妳要不要和我一起住？」

這都什麼跟什麼啊？我對她一無所知。從妳不提起她這一點來看，要不就是她做了很壞的事，要不就是妳。

我聳聳肩，我知道她看不見，但我的沉默應該回答了這個問題。

我聽見她清喉嚨。「希望妳能來跟我一起生活，打從妳三歲之後我就沒見過妳。我猜妳不記得了。」

我大受震撼。「不記得。」

「妳媽和我……」她哭了，這個我不認識的女人是妳從沒提起過的母親，是我之後要一起生活的人，她一直知道我卻一點也不了解我。我聽見她顫抖地吸了口氣。「很遺憾妳媽出了那種事，蕾伊，我很愛她。」

「我也是。」

我掛上電話。

第五十三天

星期三

露西告訴我史林特明天要回家了。

我還沒回學校上課。露西一直在餐桌上工作，一個小時接了上百通電話，在筆電上敲個不停。我大部分的時候都在奥斯卡的房間看書。

我想去探望萊緹，但我想他們不會同意。

我錯了。

露西要開會，我以為她會拖我一起去，打從她來接我出院之後，從沒讓我離她超過五公尺。然而，當我們一起走出她家，她沒有帶我去車子，而是來萊緹家。她果然待在門廊上。

「我請萊緹幫忙照顧妳兩個小時，可以嗎，蕾伊？」

她臉上沒有那副洋洋得意的笑容。

我點點頭，眼睛不知道該看哪裡。

露西搓搓我的背。「我想沒問題的。」

我走上門廊，坐了下來。史林特不在的感覺真奇怪。

萊緹傾身牽起我的手。「見到妳真好，蕾伊。」

我點點頭，緊握她的手。

她開啟熱水壺。

我們不怎麼說話。還能說什麼呢？我們喝著飲料，享受陽光。

萊緹放下杯子，微微一笑。「我有東西給妳，等我一下。」

她走進屋內，我在想她會不會像以前一樣側著走，縮著手臂，彷彿兩旁還堆著頂天的垃圾山，隨時會壓垮她這隻小螞蟻。

我安坐在扶手椅上，既然她要找東西，那會花點時間吧。我聽見她喃喃自語，在客房裡乒乒乓乓翻找收納箱，箱子翻倒，她咒罵一聲。

「妳沒事吧？」

「沒事、沒事。」聲音接近我，然後又飄遠，「馬上好。」

「妳不會被活埋在裡頭就好。」

「臭小鬼……要不是我喜歡妳，我才不給妳哩。」

「給我什麼？」

她打開門，頭髮上好像黏了白色彩帶，說不定是羽毛？她拿著某個有輪子的東西。

「這個。」她把那個帶輪子的東西遞給我。

「這是什麼？」

「給史林特的。」

「牠坐不上去。」

「笨蛋，不是拿來坐的。把這個綁在牠的胸前，像這樣。」她用自己的胸口示範。

「牠的屁股坐在這個墊子上，瞧，牠又有腿啦！」

我瞪著那玩意。「有輪子。」

「對啊，一隻有輪子的腿。」

「這是給狗用的？」

「是啊。」她皺起眉，顯然我沒有她期待中的感激涕零。

「怎麼用？」

她挫敗地嘆氣。「天啊，妳也太笨了。像這樣。」她跪趴下來，輪子碰到地面，模仿少了一條腿的狗。

我咬著臉頰內側。「用後輪支撐好嗎？」我的聲音有些尖銳，「沒有剎車，牠會不會……」我忍不住噗哧一笑，但仍堅持說完，「出車禍？」

「妳實在是……」她打了我一下，我看得出她在憋笑。「妳到底要不要？」

我擦乾眼睛。「謝了，萊緹，史林特一定會喜歡的。」

「至少會比妳懂得感激吧。」她咕噥道，露出了笑容。

我喝完她的熱巧克力，吃掉她的餅乾，天色尚早，只是冬末午後的太陽已不再顯得炙熱。露西很快就會回來。

「他們有讓妳拿走妳的東西嗎？」萊緹側頭比比我們家，我看著屋子，前門依然拉起封鎖線，今天沒有人進去過。

「星期一的時候，露西有進去拿我的東西。」

萊緹點點頭。

「我有列清單給她。」

「挺好的。」

我腦中千頭萬緒，過去習慣什麼事都藏在心底，如今實在很難說出口。我深吸一口氣，讓嘴巴動工：「我不知道我能不能進去，房租遲繳，裡面的東西可能都屬於房東的了。」

萊緹瞪大眼睛。「妳在說什麼？」

「我上個星期收到信，就在那個社會局女士來的時候。信上說我們遲繳房租，要收回我們的東西。」

萊緹眨眨眼，把臉埋進茶杯裡。「他們不能拿走妳的東西，蕾伊，只能收回房子。」

她嘶啞地說，「所以妳才會那麼不安是嗎？」

「是，也不是。」

她從口袋拿出一張面紙，擤擤鼻子後又塞回去。

「親愛的，他們不能拿走妳的東西。」

「確定？」

「非常確定。」

「我可以進去嗎？」

萊緹嘆道：「我不知道，露西會幫妳想辦法吧。」

我點點頭。「她人還不壞。」

「還可以啦，就是太愛管閒事。」她拿起熱水壺，「再來一杯？」

我搖搖頭。「我要走了。」

「喔。」萊緹放下熱水壺，環顧四周，「露西回來了？」

「是我要離開這裡了。」我好想搔搔史林特柔軟的耳朵。我把手塞進口袋。「我有外婆。」

萊緹點點頭，似乎並不詫異。「也好，蕾伊，妳總不能一個人住在一棟空房子裡。」

「妳就自己住。」

她淺淺一笑。「我那不算空房子吧？」

「所以妳才要一直填滿它？」

「妳說對了。」她拉攏身上的外套，「我老了，可以假裝家裡並不冷清，但妳還小，不用提早知道這種滋味。」

「但我已經嘗過了。」

「我知道，小丫頭。」她縮著腳趾，我猜那雙腳也在想念史林特吧。

「我不想走。」

萊緹點點頭。「我理解。」

「我都不認識她。」

「我想她跟妳一樣緊張。」

我倒是沒想到這點。「到她住的地方要三個小時，我非得搬家不可。」

「在哪？」

「我不知道，海岸再過去一點，是個**鄉下地方**。」

「聽起來不錯啊。」她愉悅地說，笑得像是在超市碰到熟人聊天般那樣開心。

「真的假的？萊緹？搬到大老遠外的地方，離開所有人，這樣不錯是嗎？」

萊緹側著頭，心平氣和地看著我。

「有誰會讓妳這麼捨不得嗎？」

我盯著自己的腳，她靜靜地等待我的回答。

「只有妳。」

「那還有什麼問題？」

我瞪著她。

她從另一邊口袋抽出一張乾淨的面紙遞給我。「我有一台閃閃發光的好車，還多了可以開車去的地方。」她笑逐顏開，「那個毛茸茸的大傢伙也在那裡，就不會在我的車裡放屁啦。」

「妳會來看我？」

「當然會，妳這個小笨蛋。」我們相視一笑，「趁露西還沒來之前快擦乾眼淚，免得我又要被禁止和妳在一起了。」

第五十四天

星期四

搬家前一天我才見到她，這公平嗎？

她中午前來到露西家。

我坐在廚房裡，等露西替她開門。

她長得好像妳。

但她不是妳。我想都沒想過。頭髮灰白，臉頰豐腴，輪廓也跟妳不同，卻又如此相似，如果是在街上偶遇，我一定會停下腳步。

她站在門口。

「妳長得跟她好像。」我們不約而同地說。

露西尷尬地笑了笑，準備茶水招待。老年版的妳坐在我對面，我倆面面相覷，露西一邊煮水，一邊拿出牛奶和糖。她替我泡了一杯蘋果薑茶，聞起來比萊緹給我的洋甘菊茶還要香。

「我就不打擾兩位了。」她微笑著說，「我就在隔壁，有事隨時可以叫我一聲。」她悄無聲息地離開，臨走前還留下門半掩。

老年版的妳清清喉嚨。「所以……」

我喝了一小口潤潤喉。「所以……」

她直勾勾地盯著我看。「我幫妳在當地的學校註冊了，那是間好學校，妳媽也讀過。」我想像求學時的妳。「當然，不是要妳立刻上學，可以等妳安頓下來之後再說。」

「我都好。」

她點點頭，吞了口口水。「好，到時候看情況再說。」

我們看著彼此的茶。

「妳的手怎麼樣了？」她瞄了一眼我的繃帶。

我抬起手。「沒事。」

「我很抱歉……」她語帶哽咽，說不下去，拿起茶杯啜飲一口時手抖個不停，放下杯子時，因為太大力，杯子「鏗」的一聲撞上桌子。

門外傳來碰撞聲，老年版的妳小小嚇了一跳，一轉身，正好看到史林特從門縫探頭進來。

「喔，是一隻狗。」

我起身替牠開門，牠卡住了。牠一直東撞西撞，頸圈卡來卡去。「牠叫史林特。」史林特跳進來，下半身搖來晃去，彷彿在用一條看不見的腿走路。

「牠脖子上那圈塑膠是什麼東西？」

「是頸圈，防止牠去舔自己的傷口。」我重新坐下，史林特跟過來，吁了口氣，戴頸圈的頭靠在我的大腿上。我伸手抓抓牠的眉間。

「他的腿怎麼了？」

我改搔搔牠的耳朵。「被卡車撞了。」

「喔，原來……我知道了。」

史林特噴著氣，想走過去坐下，卻撞到桌腳，我趕緊抓住牠，免得牠翻過去。

「牠走不太穩是嗎？」老年版的妳拿面紙擦掉桌上的茶。

「牠還在適應，他們說過個幾天就會像正常狗狗一樣了。」

我搔搔牠的下巴。牠搖搖晃晃，我扶他躺下，牠輕吐了口氣，幾乎是一秒入睡。

「還順利嗎？」露西探頭進來問。她瞥見桌上灑出來的茶和睡在地上的史林特，笑盈盈地說：「看來妳見到史林特了。」

老年版的妳抿嘴一笑。「是的。」

我用腳趾搔搔牠的肚子。「因為止痛劑的關係，他現在大部分時間都在睡。」睡夢中的牠動了動缺腿的部位。「也可能是驚嚇過度。」

「不管是哪種動物，少了一隻腿都需要時間調整。」

老年版的妳望著地板上的史林特。

「牠坐著的時候還有點晃。」我想起牠撞到門的一幕。「站著也是。」認真說起來，牠回家那天也有狀況。「還有躺下和站起來的時候。」

「聽起來很辛苦——」

「暫時會有點笨手笨腳，」露西附和，「不過獸醫說，再過一陣子，痛消退了，牠就會痊癒，狗是很有韌性的動物。」

「牠一個禮拜就可以拆線了。」

「辛苦妳，讓妳費心了，真了不起，要上班工作還得照顧兩個孩子和一隻殘障的狗。」老年版的妳拍拍露西的手臂。

「牠不是殘障。」

「什麼？」

「牠不是殘障，牠是三隻腳的狗。」

老年版的妳噗哧一笑。「三隻腳，很好。」她笑瞇瞇地看著睡夢中的史林特。「一隻三隻腳的狗。」

露西對我眨了個眼，先行離開了。老年版的妳起身蹲到史林特旁邊，輕拍牠的頭。牠睜開眼，淺淺舔了她一口，又睡了過去。

「我算不上是個愛狗人士，我從沒養過狗。」她凝視著牠，搔搔牠的耳朵。「從外表看不出來，牠原來好軟喔。」我看著她輕撫牠，「我猜牠的名字是來自忍者龜裡的老鼠大師吧。」

我詫異地望著她。「沒錯。」

「嗯。」她輕撫史林特的脖子，「電視還在播嗎？」

我聳聳肩。「應該吧。」

她看向我。「真是奇怪的回答，有就有，沒有就沒有，妳有看嗎？」

「沒有，名字是媽取的，不是我。」

她微微一笑。「妳媽喜歡那幾隻長大的烏龜。」

我一時語塞，只能點點頭。

她再次起身，隨著膝蓋嘎吱一聲，重新坐回椅子上，然後用腳拍拍牠。

「名字取得好，牠是有點像那隻髒兮兮的老鼠，就是腿比較長。」

我可不同意。「那是媽自己覺得。」

「牠是哪一種狗？獵鹿犬？狼犬？」

「不知道，我們從流浪動物之家領養牠時，牠還是隻小狗狗，工作人員也不知道。」

「牠當時一定是隻長相奇特的小狗。」

我微微一笑。

她用鞋子搓搓史林特的肩膀，牠睜開眼，想去舔她的腳。

「我要怎麼叫妳？」我話鋒一轉。

「什麼？」她似乎愣住了。

「我要怎麼稱呼妳？」

「喔，我以為妳知道。」她臉色一暗，眉間深鎖，「妳當然不記得了。妳都叫我妮妮。」

我大感意外。「真的？」

「是的。」

所以妳不是完全和她拒絕往來。「我還能這麼叫妳嗎？」

「妳願意的話。」

「我有一隻兔玩偶，就叫妮妮。」

她莞爾。「灰色，有大耳朵的那隻？那是我送妳的。」這是她第一次侃侃而談，而不是小心翼翼、字斟句酌。「我都不知道是那隻兔子以我為名，還是我以那隻兔子為名。」

我瞪大眼睛，當她笑起來的那一刻，恍惚間，彷彿是妳在看著我。

我不喜歡。

第五十五天

星期五

我的東西都裝箱了。露西和我連夜打包好我要帶走的東西，不多，只裝了三個紙箱和兩個小袋子。有我的書、妮妮兔和衣物。我想帶走妳的棉被和浴袍，露西沒有多問，找出一個格紋洗衣袋，把棉被和浴袍放進去。我把裂掉的數位鬧鐘和一袋自己的書也放進去。我們沒有太多照片，我把能找到的照片，連同妳的手機和筆電一起裝箱。

大功告成後，我站在原地環顧四周，看著被留下的物品，那是我們的整個人生。露西說會有人來整理裝箱、貼標籤，這樣就能清楚每樣東西的位置。我心中五味雜陳，這意味著會有很多陌生人來碰我們的東西。我既不想我們的人生被裝箱，又希望它就這樣永遠放在箱子裡。

露西說除了食物以外都會收拾乾淨，當中也有她送過來的食物。我也懶得告訴她其實沒剩多少吃的東西了。不知道那些用到一半的洗衣精，一包橡皮筋，以及放在廚房下層抽屜裡的水管疏通條會不會也被收走？露西全都安排好了，卡車後天就會來，把東西搬到妮妮家附近的倉庫，直到我們想清楚要如何處理這些家具。

在我收到那封信之後就沒再回學校過，露西問我要不要早上回學校跟大家說聲再見。我喜歡同學、喜歡老師，但我不想道別，不想被人問東問西。再說，我真正想道別的只有一個人，她一如往常待在自己家門廊上。

「妳今天出發囉。」

「是的。」

她起身，伸出一隻手，正當我以為她要來抱我時，她打開門。

「進來吧，我有東西要給妳。」

我們跟著她進門，踏入採光充足、通風良好的走廊，感覺還是有點不可思議。史林特的頸圈被卡在門口，我幫牠脫身。門邊有個半滿的箱子，都是垃圾信件和目錄。我們被箱子絆了一下，隨著她走進前廳。

「給妳。」她塞了某樣東西到我手裡。

我看著自己的手，是本書，而且是**那本書**——我們一起讀的書。當時，一切都還沒被揭開。這是她女兒菈娜的書。

「可是——」

「不，我不能給妳那本。」

我嚥下口水。「那是當然。」

「那本太臭了，我上網買了本新的。」她一臉得意。

「妳家有網路？」

「當然有，整個社區都有，妳沒聽過國家寬頻網路嗎？」

「妳又沒電腦。」

「一點也沒錯，但我可能會去買一台，像妳說的，上網看新聞。」

我一頭霧水。「那妳是怎麼買到書的？」

「上網啊。」

「妳沒有電腦。」

「笨蛋，我用手機。」

「真假？我都不知道妳會用瀏覽器。」

「什麼東西？」

「網路瀏覽器，Safari？」

「啥？」她一臉茫然，彷彿我說的是爬說語。「我打電話給克里斯，讓他幫我上網買的。直接送到我家，真是方便，也包裝得不錯，妳看！」

她拿走我手中的書，放進盒子又拿出來。「不錯吧？」

「很棒，萊緹。」

「我也這麼覺得。」她把書還給我，「我要留著盒子，說不定哪天有用。」她把盒子丟進椅子旁的籃子裡。「我在書裡寫了些東西，妳可以以後再看。」

但我已經翻開書了。

這本書描寫了一個聰明勇敢的小孩，送給一個無比勇敢又聰慧過人的女孩。跟她在一起我很開心。別忘了我，小丫頭，我永遠不會忘了妳。萊緹。

「我把電話號碼也寫上去了，免得妳不記得了。」她聲音沙啞地說。

我淚眼矇矓。

「謝了，萊緹。」我眨眨眼，一顆淚珠還是溜了出來，滴落在她漂亮的筆跡上。我擦擦書頁，模糊了第一個「勇敢」。我揉揉眼睛，氣自己弄髒了這麼一個特別的禮物。

萊緹溫柔地拉住我的手腕制止我。「好了。」她摟住我的肩膀，「妳馬上要走了，我們去喝最後一杯茶吧？我又買了餅乾喔。」

我正喝完茶，一台紫色轎車停在我們家和露西家之間。妮妮走下車，我看到她先往我們家走，接著改變主意，朝露西家走。

「那是妳外婆？」

「妮妮，對。」我猶豫著要不要呼喊她，感覺有點對不起萊緹。

「叫她過來吧。」萊緹揮起手。

「妮妮。」我輕聲喊。

萊緹覷了我一眼。「她聽不到。」

我又叫了一次。「妮妮！」

妮妮轉過身，萊緹朝她瘋狂揮手。她淺淺一笑，滿臉困惑。

我揮了揮手。「妮妮！」

一看到我，她笑了起來。

「蕾伊，妳在那裡啊，」她走過來，「我以為妳會在露西家。」

萊緹起身。「我是萊緹。」她伸出手。「就住在妳孫女隔壁。」

「喔，所以妳就是那位……」

萊緹眉頭微蹙。「是的。我不了解整個狀況，要是我知道，我就會……」她連珠炮地說，接著就沒了聲音。

「是啊。」妮妮回頭看著她的車。

萊緹侷促不安地搓著手。

「她是個聰明的孩子，小小年紀但很成熟，我不知道她這麼能幹，所以我——」

妮妮後退一步。

「我想她和我日後會彼此熟悉，不用妳現在跟我解釋她是什麼樣的孩子。」

「不是的，我……」萊緹朝妮妮伸出一隻手，隨後插回口袋。

妮妮仍看著車，嘴角一抖一抖。「我和我女兒太久沒聯絡，如果我知道的話——」

萊緹伸出手。「我明白。」她撫著妮妮的手臂，妮妮縮了一下。「我也有孩子。」萊緹的口吻是我從未聽過的。「一個死了，一個住在另一州。我們愛他們，但他們不屬於我們。」

妮妮眨眨眼，第一次正視萊緹。她點點頭，撫平身上的毛衣，伸出自己的手。「抱歉，我還沒自我介紹，我叫諾妮。」兩人握手。

妮妮清清嗓子。「謝謝妳對蕾伊的關照，幸好有妳在。」兩人互相握手，四目相對，彷彿忘了我的存在。

我也清清喉嚨。「萊緹可以來拜訪我們嗎？」

妮妮看看我，然後看看萊緹。「那還用說，當然可以。」她抿嘴一笑，「非常歡迎妳，萊緹。」

「謝謝。」兩人相視而笑，我又變成透明人了。史林特靠在我的腳邊，我搔搔牠，牠打了個噴嚏，兩個人都看過來。

萊緹咳了咳。「走吧，路途很長，東西都還沒搬上車呢！」我起身擁抱她。她拍拍我的背，把我推向柵欄門。

我協助史林特下樓梯，走向車子。笨老太婆。我回頭望著她。站在門廊上的她看起來比以往都來得嬌小。我丟下史林特的牽繩，撲向她，緊抓著她背部的毛衣。

她踉蹌倒退一步。「唉唷，我快被妳勒死了。」然而，她緊緊回抱住我，湊近我耳邊低語：「祝妳好運，小丫頭。我一直在這裡。」

她放開我，再一次溫柔地將我推向大門。

妮妮把我的東西搬上她的小車。她堅持要帶些我臥室的家具，讓我住過去後也能有家的感覺。就這樣，我的檯燈、棉被和我用來當床邊桌的小椅凳也跟著上車了。真難想像這些東西和我們兩個人都能擠進這台小車。我坐在門前階梯上看著，一手抱著史林特。史林特咬著義肢的帶子。我沒有幫牠裝上，獸醫說不需要，等牠習慣用三隻腳後，牠就能跟以前有四隻腳時一樣跑得又快又穩。

東西掉在地上，妮妮咒罵著把東西塞回去，關上門。她漲紅著臉，滿頭大汗地轉身看我。「好了。」

我站起身，史林特跟著我一起走向車子後座。露西和奧斯卡一臉嚴肅地站在人行道上。

妮妮看著史林特。「妳最好把牠帶進屋子去。」她朝露西和奧斯卡的家點點頭。

「什麼？」我的心一沉，一時間感到有些天旋地轉。

「牠不是要留下來嗎？」

我一定是聽錯了。「什麼？」

「我以為狗要留下？」她不解地看著露西。奧斯卡努力忍著，但一張嘴都快咧到兩側。露西和我對看一眼，讓他轉過身，帶他進屋。

我坐在路邊。

「好了，快起來！必須快點出發才能在天黑前到家。」

史林特坐在我身邊，我們都沒看她。

「蕾伊？快，該走了。」

「沒有史林特，我不走。」

露西回來了，她蹲在我身邊，一手搭在我的膝蓋上。「蕾伊，牠還需要拆線和術後照顧。我們會代替妳送牠去醫院。等妳安頓好了，隨時可以來接牠走。」

我撇過頭，緊抱住史林特的肩膀，牠的頸圈卡進我的臉頰。

「蕾伊，這是為了大家好。」

「是為了**她**好吧！」

我瞪著妮妮。

「蕾伊——」妮妮揮手要露西離開。

當她走向自己家時，妮妮開口。「蕾伊，親愛的。」大人最虛偽了，看似講理，其實一點商量的餘地也沒有。「說實在，我家不適合養狗，更別說一隻需要特別照顧的狗。」

「牠不需要特別照顧，獸醫說等牠適應三隻腳之後就好了，牠只需要時間。」

「沒錯。」她特別強調，「牠需要時間適應。所以留在**這裡**對牠更好，獸醫就在附近，環境又熟悉。」

「少來這一套。」我頂撞回去。

她微微後退。「什麼？」

「妳說得好聽，要我不得不放下牠，說到底就是妳不想養牠。」

我看著她的腳再次走向我。「不是的，我只是為了大家——」

「為了妳自己，我知道。」

「不是。」她的腳趾在鞋子裡縮成一團。

「妳就是，跟我在一起才是對牠好，牠最熟悉的是我，不是他們家。」我指著站在遠處假裝沒在聽的露西。「牠根本沒住過他們家，牠得跟我在一起。」

我死抓著牠的項圈。「一切都變了，牠失去媽媽，失去牠的家，失去牠的腿。現在為了妳自己方便，妳居然要我丟下牠。」

「蕾伊，我知道妳很生氣。」

「夠了！」我只想踹她一腳。

「什麼夠了？」

「別在那假惺惺了，妳不站在我這邊，牠才是。牠不去的話，我也不去。」我看著她扭曲的腳，「這才是妳真正想要的吧！」

「蕾伊！」

我揪緊史林特的毛。

「蕾伊，看著我。」

妳以前也常這麼要求我。

「我的天啊！」我看著她踢了人行道一腳，她在吼。我就知道，我就知道。

「妳可不可以不要這麼任性？我也不好過。妳三歲之後我就沒見過妳，現在妳長這麼大了，我都不知道這些年妳是怎麼過的，我跟妳母親鬧翻了，她一走了之，還要我去收拾她留下的爛攤子——」

我現在連看她的腳都不敢了。

她的呼吸沉重粗嗄，她發脾氣的氣息聲就像妳一樣，我緊閉雙眼，聽見她吞嚥的聲音。「我失去她兩次。」她語帶哽咽。

我把眼睛閉得更緊。

我感覺她坐到我身旁的排水溝蓋上。我挪動身體，不是為了給她空間，而是不想碰到她。

她不發一語。我聽到她在抹自己的臉，這也是我熟悉的聲音。

「妳長得真像她。」她啞著聲音溫柔地說，「我好氣她。」我睜開一隻眼睛看她，她正看著自己的腳。「我好氣我自己。」

我悶不吭聲。

我們保持距離坐在排水溝蓋上，史林特想要舔掉我臉上的淚水，但牠的頸圈卡在我的脖子上。

她站起身，伸出手。「要來嗎？」

我把臉埋在史林特的肩膀上。

「拜託，來嘛？」

我仍不肯看她。

「牠也一起，好嗎？」

我指著那輛停在我們家和露西家的紫色小車。「牠擠得上去嗎？」

「我會騰出空間來。」

我看著她把我的東西搬出來放到人行道，重新硬塞入後車廂、駕駛座置腳空間和椅子底下，清出後座。她站在路邊，一手壓著行李，另一手試圖關上車門。妳的數位鬧鐘以及一袋我愛看的書從一堆行李中脫落，掉出車門外，落在馬路上。她咒罵一聲，撿起來放在後座箱子上。她一邊單手壓著箱子上的東西，一邊用屁股頂住箱子，免得箱子全掉出來，同時搖下車窗。

史林特看得入迷，都忘了來舔我有鹹味的臉頰。她後退，手伸進車窗擋著箱子上的東西，再用膝蓋關上車門。只不過，她現在關不了車窗。她把那袋書和妳的數位鬧鐘往內推，湊過去想辦法在不卡到手的情況下搖上車窗。

「好了。」頭髮覆蓋住她的眼睛。

妳的數位鬧鐘滑向另一邊，滾過座位，從另一側車門掉出去，摔在排水溝蓋上，螢幕裂得更嚴重了。

「喔！」她一臉想哭的樣子。

我站起身。「那些不要了。」我看著後座的空間。史林特的枕頭和碗都在駕駛座的置腳空間。「我需要的都在這了。」

有趣的是，就算少了我的行李，她的車也沒有萊緹的車乾淨。

奧斯卡站在車門旁的人行道上，我搖下後車窗讓史林特探出頭。

「掰掰，蕾伊，我很開心妳沒事。」

我點點頭，一時語塞。

「妳會寫信給我嗎？」

我聳聳肩。「你想寫就寫。」

他一臉受傷。「我不知道妳住哪？」

我繞過他，坐上前座，打開窗。奧斯卡隨後跟上站在車門外，雙手插入口袋。

我扣上安全帶。「沒事，我知道你的地址。」

他樂不可支，我佯裝調整安全帶，不讓他看見我的笑容。

「那就好。」他傻呵呵地笑著。

「掰掰囉。」

他心領神會。「掰，蕾伊。」

妮妮發動車子。

奧斯卡往後退，揮手道別。車子緩緩駛離路邊，我探頭出去看著後方。萊緹站在門廊上揮手目送我們，我也朝她揮手。

車子漸行漸遠，我從側後照鏡裡看著目送我們的她。來到路口，車子停下，她快步走向人行道，撿起排水溝蓋上的東西。妳的數位鬧鐘。

她走回自家門廊，然後車子繞過轉角，揚長而去，前往西門。我想像她坐在椅子上，熱水壺咕嚕咕嚕地沸騰，而妳的數位鬧鐘躺在她的大腿上。

〈全書完〉

謝詞

無數個小時在桌前奮戰和死盯螢幕後的牆壁之後，這本書誕生了。如果沒有我先生Kevyn的支持，就不會有這些珍貴的時刻。謝謝你在冬天的週末，冒雨帶著孩子去不同的公園玩（當然還有秋天、夏天和春天），謝謝你。也要謝謝我的孩子，等你們大到可以看這本書時，也許會讀到這段：謝謝你們教會我時光的寶貴和重要。

謝謝親愛的朋友Jessica Brennan，在稿子送出前唯一看過的人，也是我以外第一個因故事而落淚的人。謝謝妳的支持和鼓勵，並看了十個版本的作者自介，而且每個版本還只有一到兩個字的差別。

感謝我最堅實的後盾Dr Tania Cammarano。感謝妳在公園和遊樂場陪我聊寫作（還有寫作以外的事），我們的友誼讓我得以隨時隨地保持頭腦清晰——呃，幾乎啦！妳要不要考慮再去考第二個博士學位？這樣就有人能跟我一起在寫作泥沼中取暖了。

在此也要十分感謝Stephanie Davis，在我陷入瓶頸時，透過早晨關於寫作的辯論，激發我的靈感和創意，謝謝妳總是充滿好奇，妳是最棒的。

感謝聰明大方Toni Jordan，自願花時間開導一個素未謀面的人。沒想到我居然能完美達到妳所設下的時間表（妳計畫得太合理了）。妳建議我拿稿子（這本書的前身）去參加未發表文稿獎，入圍維多利亞總理文學獎（Victorian Premier's Literary Awards），成了我人生的轉捩點。謝謝妳無私付出的時間和支持，我永銘於心，感激不盡。謝謝妳。

感謝惠勒中心（Wheeler Centre）對文學和出版的貢獻，舉辦了維多利亞總理獎，這本書未出版的文稿得以進入決賽名單。特別感謝Hiroki Kobayashi、Veronica Sulliavan和Michael Williams，謝謝你們的費心和建議。也感謝評審Ellen Gregan、Luke Horton和Natalie Kon-yu，在讀了許多文稿後，對我的稿子青睞有加。

衷心感謝kylie Scott（結婚前叫McInnes）、Belinda Monypenny和Carly Slater（當然還有Jessica）看過這本書最早的版本《黑狗小鳥Black Dog[5] Small Bird》，如果沒有大家的欣賞與熱情，這本書就不會有問市的一天，謝謝大家付出的時間和給予我的回

5. 黑狗象徵憂鬱症。

饋。

在此不能不提到我的母親Gillian，謝謝妳這麼相信我、愛我以及支持我。我永遠愛妳。還有我的父親Gareth，謝謝你總是坦誠以對。我知道，只要我需要，你永遠在我身邊，我愛你。

最後，要感謝熱愛書籍的文稿獎團隊，我從沒遇過這麼多有趣的人，而且我還把他們弄哭了。Michael Heyward，謝謝你對我筆下角色的喜愛。優秀的編輯Mandy Brett，謝謝妳請一位文稿獎入圍者喝咖啡，直言不諱地問了一些問題。妳問，如果我不按照別人的建議和期待去寫，我會寫出怎樣一個故事，這本書就是我的回答。

國家圖書館出版品預行編目資料

千千萬萬都是你 / 艾蜜莉・史柏(Emily Spurr)著；林小綠譯. -- 初版. -- 臺北市：春光出版, 城邦文化事業股份有限公司出版：英屬蓋曼群島商家庭傳媒股份有限公司城邦分公司發行, 2023.05
面；　公分. --
譯自：A million things.
ISBN 978-626-7282-09-0 (平裝)
887.157　　112005838

千千萬萬都是你

原著書名／A Million Things
作　　者／艾蜜莉・史柏（Emily Spurr）
譯　　者／林小綠
企劃選書人／何寧
責任編輯／何寧

版權行政暨數位業務專員／陳玉鈴
資深版權專員／許儀盈
行銷企劃／陳姿億
行銷業務經理／李振東
總　編　輯／王雪莉
發　行　人／何飛鵬
法律顧問／元禾法律事務所　王子文律師
出　　版／春光出版
臺北市 104 中山區民生東路二段 141 號 8 樓
電話：（02）2500-7008　傳真：（02）2502-7676
部落格：http://stareast.pixnet.net/blog　E-mail：stareast_service@cite.com.tw
發　　行／英屬蓋曼群島商家庭傳媒股份有限公司城邦分公司
臺北市中山區民生東路二段 141 號11 樓
書虫客服服務專線：（02）2500-7718 /（02）2500-7719
24小時傳真服務：（02）2500-1990 /（02）2500-1991
服務時間：週一至週五上午9:30～12:00，下午13:30～17:00
郵撥帳號：19863813　戶名：書虫股份有限公司
讀者服務信箱E-mail: service@readingclub.com.tw
歡迎光臨城邦讀書花園　網址：www.cite.com.tw
香港發行所／城邦（香港）出版集團有限公司
香港灣仔駱克道 193 號東超商業中心 1 樓
電話：（852）2508-6231　　傳真：（852）2578-9337
E-mail : hkcite@biznetvigator.com
馬新發行所／城邦（馬新）出版集團【Cite (M) Sdn Bhd】
41, Jalan Radin Anum, Bandar Baru Sri Petaling,
57000 Kuala Lumpur, Malaysia.
Tel:（603）90563833　Fax:（603）90576622　E-mail:cite@cite.com.my

封面設計／木木 Lin
書名手寫字／吳品䄂
內頁排版／邵麗如
印　　刷／高典印刷有限公司

■ 2023 年 5 月 30 日初版一刷　　Printed in Taiwan

售價／420元

城邦讀書花園
www.cite.com.tw

ISBN　978-626-7282-09-0

廣	告	回	函
北區郵政管理登記證			
臺北廣字第000791號			
郵資已付，免貼郵票			

104 臺北市民生東路二段 141 號 11 樓

英屬蓋曼群島商家庭傳媒股份有限公司
城邦分公司

請沿虛線對折，謝謝！

愛情 · 生活 · 心靈
閱讀春光，生命從此神采飛揚

春光出版

書號：OT1033	**書名**：千千萬萬都是你

請於此處用膠水黏貼

讀者回函卡

謝謝您購買我們出版的書籍！請費心填寫此回函卡，我們將不定期寄上城邦集團最新的出版訊息。亦可掃描 QR CODE，填寫電子版回函卡。

姓名：____________________

性別：□男　□女

生日：西元__________年__________月__________日

地址：____________________

聯絡電話：__________　傳真：__________

E-mail：____________________

職業：□ 1. 學生 □ 2. 軍公教 □ 3. 服務 □ 4. 金融 □ 5. 製造 □ 6. 資訊

□ 7. 傳播 □ 8. 自由業 □ 9. 農漁牧 □ 10. 家管 □ 11. 退休

□ 12. 其他 ____________________

您從何種方式得知本書消息？

□ 1. 書店 □ 2. 網路 □ 3. 報紙 □ 4. 雜誌 □ 5. 廣播 □ 6. 電視

□ 7. 親友推薦 □ 8. 其他 ____________________

您通常以何種方式購書？

□ 1. 書店 □ 2. 網路 □ 3. 傳真訂購 □ 4. 郵局劃撥 □ 5. 其他 ______

您喜歡閱讀哪些類別的書籍？

□ 1. 財經商業 □ 2. 自然科學 □ 3. 歷史 □ 4. 法律 □ 5. 文學

□ 6. 休閒旅遊 □ 7. 小說 □ 8. 人物傳記 □ 9. 生活、勵志

□ 10. 其他 ____________________

請於此處用膠水黏貼